Ismail Kadare

Aksidenti

事故

[阿尔巴尼亚]伊斯玛依尔·卡达莱　著
陈逢华　译

上海译文出版社

目　录

第一部分 ………………………………… 1

第二部分 ………………………………… 41

一　四十个星期前,酒店,早晨………… 43

二　同一天早晨,罗薇娜 ……………… 48

三　同一个早晨,还是罗薇娜 ………… 63

四　同一天,两人一起 ………………… 82

五　三十三个星期前,贝斯弗尔特·Y眼里的
　　丽莎……………………………………… 92

六　同一个星期的周末,罗薇娜………… 107

七　二十一个星期前,暴风雪…………… 114

八　十二个星期前,另一个区域,《堂吉诃德》
　　三章……………………………………… 128

九　同一个夜晚,塞万提斯的文本……… 137

十　同一个夜晚,神秘的文本…………… 147

十一　次日早晨 …………………… 156

十二　在海牙,四十天前 …………… 160

十三　最后七天 …………………… 177

第三部分 ……………………………… 183

第一部分

一

事件看起来再寻常不过了。在距离机场十七公里处，一辆出租车翻了车。两名乘客当场身亡，司机也身受重伤，被送往医院，陷入昏迷之中。

警方的笔录中记载了这类案件通常需要记录的信息：死者的姓名（一名男子和一名年轻女子，两人均为阿尔巴尼亚国籍）、出租车的车牌号码和奥地利司机的姓名，以及事发状况，或者更确切地说，对周遭情况不完全熟悉，才发生了事故。出租车没有任何刹车的痕迹，也没有遭到来自任何方向的撞击。在行驶过程中，车辆越开越靠边，好像司机突然视线模糊，车子才翻到了路旁的沟里。

出租车背后跟着的车上是一对荷兰夫妇，他们证实，出租车莫名其妙地突然驶离公路，撞向了旁边的护栏。虽然惊骇万分，但他们看得清楚，不仅车子腾空而起，而且乘客所在的后车门也打开了，要是他们没有弄错的话，一男一女被抛了出来。

另一位目击证人，"欧洲汽车"[①]的一辆货车的司机，大致说了同样的话。

一个星期过后,司机在医院苏醒之后做了第二份笔录,这份笔录不但没把事故解释清楚,还把一切变得更加扑朔迷离。司机先是认定事故发生之前没有出现任何不寻常的状况,然后又说除了……也许……后视镜之外,也许后视镜吸引了他的注意力。对于这种说辞,调查员颇不耐烦。

司机在镜子里看到的是什么,调查员一直追问这个问题,而司机却答不上来。医生介入,说别累坏病人,但此举无法阻止调查员继续刨根问底。方向盘上方的后视镜里出现了什么,换句话说,在出租车的后排座位上发生了什么不寻常的事情,能让司机完全昏了头?"两名乘客厮打起来了,还是相反,他们胡乱缠绵起来了?"

受伤的司机都摇头否认,既不是前者,也不是后者。

"那是什么呀?"调查员差点叫嚷起来,"是什么让你晕了头?见鬼,你究竟看到了什么?"

医生准备好再次介入,但是病人,跟先前一样,慢慢吞吞地开始说话了。他看似没完没了的回答结束时,调查员和医生却面面相觑。按照伤者的说法,出租车后排的两名乘客……他们也没做什么别的……别的什么……除了……他们正试图……接吻……

---

① 一家在欧洲提供汽车跨国租赁服务的公司。

二

　　虽然司机的证言被当成是心理创伤导致的后果，不太可信，但是距离机场十七公里处发生的事故已经算作了结了。结案的原因很简单：无论司机会对他在后视镜中看到的或者他以为他看到的情形做出何种解释，都无法改变事情的本质，即他的脑子出了问题，要么是走神、幻觉，要么是暂时的意识模糊，结果造成出租车翻车，而这一切令人难以相信与乘客有什么关联。

　　按照惯例，乘客的身份与其他的细节一道公布出来。男子是与欧洲西巴尔干事务委员会合作的分析员，而女子，年轻漂亮，是维也纳考古研究所的实习生。显然，他们俩是情人。出租车是密拉玛克兹酒店的前台叫来的，周末的两个晚上遇难者都睡在这家酒店。车辆的技术检验报告排除了任何的人为破坏。

　　为找寻出租车司机叙述中的矛盾之处，调查员做了最后的努力。他问司机的问题是个圈套：出租车撞到地上后乘客怎么样了？司机回答说由于他们被抛出了出租车，这么说，他们在空中就与出租车分离了，所以他是一个人落下来的。从受伤司机的回答，至少表明，他对自己看到的或者他以为自己看到的东西并没有说谎。

这个案件，虽然乍看上去很普通，但是由于司机的证言不同寻常，还是被归到了"非典型事故"的类别里。

因此，几个月之后，案件的一个副本被送到了欧洲道路研究所处理罕见事故的第四研究室。

虽然"罕见"的界定意味着它们较之普通的事故——那些没有目的性的，由恶劣天气、超速、疲劳驾驶、饮酒、吸毒等等引发的事故——只是极少的一小撮而已，但是非典型事故的花样如此之繁多，令人惊叹。从致命袭击或是刹车被破坏，到司机突然出现幻觉，这类事故的记录所呈现的事件最令人难以置信。

而其中最神秘的一部分，就与车内的后视镜有关。它们构成了一个完整的类别。可以想象，司机在镜子里看到的东西一定令人毛骨悚然到了引发灾难的地步。就出租车司机而言，遭到乘客持械威胁是最为常见的情况之一。他们因乘客中风、大吐血、发狂尖叫而受到惊吓的情况也不罕见。突发的搏斗，甚至是乘客之间持刀行凶，虽然并非闻所未闻，但骇人之甚足以让没有经验的司机方寸大乱。更为罕见的情况还有：其中的一名乘客，通常是女性，几分钟前还满怀倾慕地搂着恋人登上出租车，突然就哭喊着自己遭人绑架，唯有拼死开门跳车逃命。其他的情况，什么司机认出乘客是自己的初恋情人或是已经离去的妻子之类，虽说屈指可数，但也不是从来没有过。

虽然多数一眼望去颇为神秘的事情都存在着解释的可能性，但这丝毫不意味着在后视镜里所呈现的一切都是可以分析清楚的。

除了幻觉之外，还有一些与之类似的情形，比如被乘客的眼睛所魅惑，要么当场沉醉于漂亮女乘客俏皮的一瞥，要么反之，被一种类似黑洞的毁灭性的虚无眼光吞噬。

距离机场十七公里处的事故发生之后，出租车司机所作的证言尽管过于平常，都算不得幻想或是幻觉，但是用任何逻辑来解释都行不通。据司机说，两个乘客试图接吻是造成他混乱的原因，最终还导致了他们的死亡。这个谜团，你越是极力去破解，它越是悄无声息地从你身旁溜走。

处理事故的分析人员先是频频点头，随后失望地撇起了嘴，之后又讥笑起来，还当场动了怒，他们的反应如此这般，反反复复。

"他们正试图接吻"是什么意思？不仅言语上不自然，逻辑上也说不通啊。你可以相信一个人想要亲另一个人，而后者不愿意。要么其中一个人不好意思，要么两个人都不好意思，要么他们忌惮第三个人，诸如此类。但是他们两人在出租车里，只有司机在场，依照笔录里准确的说法"他们正试图接吻"，"Sie versuchten gerade, sich zu küssen"，这在哪儿也站不住脚啊。问题很简单：他们刚从一起过夜的一家酒店出来，用得着"正试图接吻"吗？换句话说，要是他们还想接吻，为什么不接，还躲躲闪闪的呢？是什么阻止他们这样做呢？

你越是竭力仔细剖析，一切就越难以理解。就算两名遇难者之间存有某种障碍，他们根本无法彼此接近，但是这种事情为什么给司机造成了如此大的困扰呢？他就没有载过一些卿卿我我，甚至还在出租车的后排座上做爱的乘客吗？除此之外，他是怎么注意到一件如此细小的事情——试图，换句话说，想要接吻的欲望遇上了阻挠接吻的神力呢？

分析人员困惑不已，不断念叨着一句谚语"一个傻子投石入水，四十个聪明人也捞不上来"，并在案卷的边上写道："这要不是前辈们口口相传的说法，即乘客是司机昔日的妻子或者恋人，这种年轻司机时常鼓捣出来的老问题，那么它就真是一宗精神病案例，不值得多费脑筋。"

其间，先是经过证实，排除了出租车司机与阿尔巴尼亚籍外国女乘客存在任何关系的可能性，而后一份医学报告也表明司机的心理状况完全正常。

三

三个月过后,两个巴尔干国家先后要求查阅发生在距离机场十七公里处的事故案卷,案卷保管员根本难掩惊奇之状。身处纷争不止的半岛上的国家,在这个世界上干过杀戮、轰炸及驱逐民众种种罪恶勾当之后,如今疯狂已过,它们非但不去收拾残局,却想要插手诸如罕见车祸之类的小事?

虽然无从知晓塞黑①对事故感兴趣的原因,但是有一点很快就清楚了,该国已经跟踪死者很久了。

跟踪迹象的暴露,足以令阿尔巴尼亚的情报部门也跟着活跃起来。有人猜测这是一起政治谋杀。社会制度垮台之后,这类猜疑曾经一度到处遭人耻笑,被当作妄想症的一部分,如今这种猜测又猛地死灰复燃了。

与往常一样,别人都已经到那儿走过一遭了,阿尔巴尼亚调查员才姗姗来迟。但是不管怎样,凭着侨居海外同胞的关联,他们还是收集到了不少遇难者的资料。虽然书信的片段、照片、飞机票、酒店的地址及发票让人觉得不过像是第一轮采摘之后的残余果实,但是无论如何，这些东西显然足以透露出两人的情侣关系。从画面看，照片主要是在酒店内部、路边咖啡馆拍摄的，为数不多的几张是在浴缸上拍的，那名年轻女子一丝不挂，兴高采烈而并非羞羞涩涩地面对着镜头，从中便可毫无怀疑地给他们俩的关系定性。酒店的发票也明确了一点：他们在欧洲的不同城市——斯特拉斯堡、维也纳、罗马和卢森堡都见过面，显然那名男子在这些地方恰好有工作。

他们所处的地点从照片里，甚至从书信中那些主要由年轻女子提到的城市里得到证实。她喜欢确定一下自己在其中哪座城市过得最幸福。

为了解开谜团，调查员就把主要希望寄托在他们翻阅的那些书信上，起初他们感到失望，随后迷惑不已，之后就陷入了完全的混乱之中。

矛盾之处太多了，以至于他们好几次需要中断调查，与酒店接待员、楼层服务员、午夜酒吧的侍者、那名女子在瑞士侨居的女友一一面谈。从书信上看，她的女友是知道真相的人。最后，他们与出租车司机也谈了话。

所有人或多或少都证实了同一件事：他们见面多数时候看起来很幸福，只是偶尔那名女子伤心难过，甚至有一次男子起身去打电

---

① 塞尔维亚和黑山是南斯拉夫解体后没有独立的塞尔维亚和黑山两个加盟共和国在 2003 年至 2006 年组建的国家。塞、黑两国于 1992 年 4 月首先组成南斯拉夫联盟共和国（简称"南联盟"），该联盟于 2003 年 2 月重组并改名为"塞尔维亚和黑山"，简称"塞黑"。

话，她还默默地流过泪。而那名男子有时也阴沉着脸，那时女子就会尽力宽慰他，抚摸他的手，亲吻他的手。

问题是：究竟有什么事让他们如此忧虑呢？他们不得不做的一个决定，心中留下的一个遗憾、一丝困惑，还是面临的一种威胁呢？侍者不晓得如何回答。在他们眼中，一切显得都很自然。在午夜酒吧里，多数情侣都可能从兴高采烈变得默默无言，有时还会伤心难过，然后又突然开朗起来。

"在这种时候，那名女子变得美丽异常。她的眼睛随着香烟的烟气流转，激情地闪动着。她的脸颊亦是如此。此时此刻，她身上的美令人畏惧，让人覆灭。"

"让人覆灭？这是什么意思？"

"我不知道如何解释。我想说的是，那是一种就像人们所说的，可以把人毁掉的美。"那名男子也像是清醒过来，又点了一杯威士忌酒。然后他们又继续用他们的语言交谈着，直到午夜过后，他们才起身上楼。

她起身时轻轻朝他一瞥，微微地低着头走在前面，一举一动都令人浮想起那些漂亮的坏女人，显然他们要去做爱了。对于午夜酒吧的侍者，尤其是酒店里的侍者来说，他们服务了整整一天之后，这样的事情是可供消遣的谈资。

四

从各处搜集来的其他资料,根本无助于调查员把某件事情搞得更清楚一些。相反地,一切越来越乱作一团,以侍者证词为参考,死者的书信看起来就更加无从解释。有时他们就像两个情人正常地通信,甚至她埋怨他的举动时也很正常。但是,有时这种情人关系又踪迹全无,从简短的便笺中特别清楚地表明,他们之间不过就是一种妓女与嫖客的普通关系罢了。

在日期稍晚的便笺里,她写着"无论发生什么,我都要爱你一生一世"之类的话,而他却在上面给她留了酒店的地址,还补充说:"一切都没问题,条件还和上回一样好吗?"调查员看着这些,根本难以相信自己的眼睛。

这句话的含义可以用两种方式来解读。可以想成是停留的时间,一个或两个晚上,但更多的时候是暗指报酬之类的事。而且不止于此,时不时还冒出"应召女郎"一词,看起来好像他不管合不合适,都按捺不住想用这个词。

而且,在稍早的书信里,她还引用过他的话,从中看得出来,他写过正常的信，诉说他忍不住想见她，他想念过她，诸如此类。显然，在他们长期交往的最后阶段，情况才发生了改变。

仔细推算可以得出，他们的关系维持了五百个星期左右，而在最后的五十二个星期里变化才发生了。"应召女郎"一词，像是一座界标，恰恰出现在了他们死前第四十个星期的时候。

"我承认，你给过我无限的幸福，"她在其中一封信里写道，"但是你残暴的神经质同样毒害了我的生活。"

她一直为此抱怨个不停，甚至，在二〇〇〇年的一封信里，她对他提到：也许，和他在一起唯一令她感到十分幸福的时光就是巴尔干打仗的那一年，当时，他显然是把精神压力都搁在了别的地方。"塞尔维亚一屈服，你就好像不知该干什么似的，又冲着我来了。"

最后这段话使得阿尔巴尼亚的调查员相信，他们已经找到了解释其中一个谜题的关键，即塞黑情报机构监视贝斯弗尔特·Y的原因。由于在斯特拉斯堡、布鲁塞尔，以及大多数的世界人权中心贝斯弗尔特·Y有很多相识，理所当然地，他不仅被列入给南斯拉夫制造麻烦的那一类人，而且从某种程度上说，还可能被视作得为南斯拉夫遭轰炸负责的人。

至于为何战争结束之后许久才开始监视这个问题，困惑当时就解开了。正是在战后，怀着对惩罚和肢解南斯拉夫的些许懊悔，试图重新审视真相的行动才得以展开。轰炸是错误的，这一期待让数以千计的人要么欢欣鼓舞，要么沮丧绝望。

在这一日益高涨的浪潮中，污蔑贝斯弗尔特·Y以及所有参与搞垮南斯拉夫的人，算是理所当然的事。就像从他女朋友的书信里可以看出的那样，贝斯弗尔特心中激荡着病态的怒火，不把南斯拉夫搞垮，他就永无宁日。除此之外，女朋友或许算是他的动力源泉，那也顶多只是个普通的妓女罢了。

阿尔巴尼亚的调查员尽管不愿意接受，但是他们猜测，塞尔维亚人说的一部分事情，特别是与贝斯弗尔特·Y的情人相关的部分，很遗憾，多少像是实情。调查人员为了证实，把旅行社、酒吧和酒店的游泳池又逐一探访了一遍，甚至连死者狭小寓所的地下室里还存放着的几个纸箱也没有放过。

调查过后，他们头脑中的困惑，不但没有驱散一星半点儿，反而越发升级了，甚至他们打心眼里怀疑涉案的不是一名，而是两名被侦查员错误地混为一谈的女子。

他们更宁愿相信这一点，但是令人失望的是，他们越来越确定，拥有惊人魅力的那名年轻女子，他们从书信和其他人的证言，尤其是私密的照片中了解得一清二楚的那名女子，她的身后没有藏着掖着什么人，只不过她还有另一面罢了。

五

罗薇娜的女友，钢琴师丽莎·布鲁姆博格的登场，把案件又指回了谋杀。

此前，因为案件扯上了南斯拉夫情报部门，所以谋杀的说法很快就被否定了。不能排除由于祸害了南斯拉夫，贝斯弗尔特·Y被除掉，至于他的女朋友一起被干掉，是因为碰巧不幸的时刻她在他的身边。但是无论如何，这么晚了才这么做是不合逻辑的。如果在恰当的时候，贝斯弗尔特·Y被除掉，那还能起到点作用，可是现在戏已落幕，除掉他也无济于事了。

重新审视过往的事情也没有必要杀了贝斯弗尔特·Y，只要让他名誉扫地就行了。而杀死他无助于毁掉他的名誉，他的死还有可能适得其反。众所周知，诋毁活人比诋毁死人更容易。贝斯弗尔特·Y也不例外，他的女朋友就更不用说了。

朋友圈子里被称为钢琴师的露露·布鲁姆，在她的证言里没有把罗薇娜的死与塞尔维亚情报部门相关联，而是与她的男友联系起来，令人觉得新奇。露露认为，近来很流行用事故来掩盖谋杀，而她深信，贝斯弗尔特·Y正是想要借事故来除掉他的女朋友，尽管他自己也一同遭了殃。

就这一点，调查员都无一例外地打断了女钢琴师，还不无挖苦地对她说："在两人一同落入深渊的时候，把谋杀归结到某个人的身上，不太令人信服吧。除非设想成贝斯弗尔特·Y在翻车的瞬间，出于某种完全无法理解的动机，要么着急忙慌，要么趁火打劫，实施了犯罪！"

"等等，别急着笑，"露露·布鲁姆说，"我还没有疯狂到那么想的地步。"接着，她细说起她的版本。

她坚信贝斯弗尔特·Y杀了他的女朋友。当然，她不可能知道具体状况，但是这一刻也无法动摇她的看法。几个月前，他们在阿尔巴尼亚的时候，罗薇娜亲口告诉过她，贝斯弗尔特·Y带她去了一家可疑的汽车旅馆，她害怕自己性命不保。至于原因，露露不愿多说。调查员可能比她更了解。她是钢琴师，阴暗的政治问题她不感兴趣。贝斯弗尔特·Y是个复杂的人。罗薇娜曾非常偶然地告诉过露露午夜神秘通话的事。是与以色列有什么麻烦还是为了以色列的事，她也记不清楚了。就像她对他们说的，她不想卷入这样的麻烦。即使她曾经反对轰炸南斯拉夫，那也不是出于某种政治信念，只是因为她参加了"绿党运动"，所以反对动用军用飞机污染天空，诸如此类。

其间，罗薇娜与女钢琴师的不当关系被曝光出来，后者的可信度也就打了折扣。不难理解，甚至女钢琴师自己也无意隐瞒，她们俩经历过一场漫长的爱情冒险，因此她自然对贝斯弗尔特·Y心怀嫉妒。

正是出于这个原因，即使布鲁姆博格提醒过，调查员仍旧漫不经心地听完了她的推测，甚至在听最后一部分，也是最为模糊的那部分时也是如此。女钢琴师此处说起了一个被狗撕扯开的大人偶，当时还对他们补充道因为她已经累了，不要对她说的充耳不闻。调查员当然追问起了人偶，但是女钢琴师说她是在死亡事件的报道中看到的，而且她真的累极了，她唯一可以对他们说的就是她坚信罗薇娜·St 并不在出租车里面，车内另有其人。

虽然在大多数的笔录里，最后这些话都加了下划线以示强调，但是调查员仍然并不相信。要不是这一次遇上了打"他那边"送来的一个新证据，或许他们不仅不会再回到这一点上，而且也不会怀疑整件事情是谋杀。

证据，看来也是唯一的证据，是贝斯弗尔特·Y 的一位大学老同学提供的。在死前几个月，冬末的一天，在地拉那大卫托夫俱乐部的二层，他们谈过话。

证人说，贝斯弗尔特很忧郁，问他怎么了，起初他含糊作答，说是有麻烦。后来他自己又接着撂下半截的话说，他与一位年轻女子纠缠不清……

由于了解他的秉性，证人并没有追问。倒是贝斯弗尔特一反常态，自己讲了出来。显然，他犯了一个错误。按照证人的理解，他说的错误指的就是与这位年轻女子的关系。甚至令他吃惊的是，他用了"害怕"一词。害怕这种关系，或者是害怕她，他的女朋友。

沉默良久，他又说在某个地方他犯了错，并没有多加解释，他只是说会努力走出这一困境的。他有信心。他说话越来越不清楚。他相信等时机一到……也就是，在合适的时候，他知道要做什么。

他就是这么说的，不容别人打断。"他的表情呢？他的眼睛呢？""冷冰冰的。哦，不，一点也不像凶手。我只是说冷冰冰的。冷酷无情的。"

调查员又再次回头看露露·布鲁姆的猜测，甚至还有她提到在灌木丛中找到被狗撕裂的人偶时说的那些近乎胡言乱语的话。但是女钢琴师本来就古怪，或者是突然懊悔自己说了太多，不想再配合调查了。

但是，这并没有阻止调查继续进行。甚至，现在女钢琴师被抛到了一边，调查员突然更加卖力了。他们极少会把涉嫌谋杀的案件调查得如此详细彻底，以至于自己都忘记了最初的动机。

调查员怀着一种超出他们工作职责的热忱，仔细筛查了他们已知的一切，以及在这新一轮调查中找到的新东西。

他们还回顾了最初的两份证言——荷兰夫妇以及"欧洲汽车"的货车司机的证言。起初两者看起来是吻合的（打开的出租车门，被抛到外面的人），但是现在，仔细辨别之后，情况不是那样。据荷兰夫妇所言，遇难者的身体，从空中坠落的时候仍然是贴在一起的，他们相互搂着对方的脖子，像是想要抓住彼此。而货车司机坚持说，身体坠落的时候是分开的。

这一点从视觉角度的不同，尤其是从事故发生时两车所在的位置可以解释。可能是轿车在前，而货车紧随其后，这就解释了为什么荷兰夫妇看到的遇难者的身体是贴在一起的，而货车司机看到的是分开的。

但是无论如何，解释多少有些牵强。其他残酷的事实，散落各处的神秘措辞，或是按照罗薇娜瑞士女友的证言，他们在电话里含混不清的言辞，还是让人疑窦丛生。

"你现在似乎心静下来了，"罗薇娜在最近一年的一封信里写道，"我更喜欢你之前神经质的样子，令我饱受折磨的那种神经质，好过这种令人害怕的死寂。"

在显然是第二天写的另一页纸上，她回忆起了前一天夜里的通话："昨晚你对我说的，虽然表面上显得很人道，实际上，我不知道如何形容，令人恐惧，像在太空里一样荒凉，冷飕飕的。"

大概是在同一时间，她向她的瑞士女友承认过，她过得极其痛苦。"是为了'他'吗？"她的女友问。"是的，"她回答，"但是在电话里我没法对你说。很难解释。也许就不可能解释。无论如何，我们见面的时候，我会试试看。"

她们根本没有见上面，因为两个月之后发生了事故。

尽管如此，当调查员问她的瑞士女友她是不是发现了什么的时候，她沉默了良久才回答。当然她有所察觉，但那只是隐隐约约的感觉。"我和贝斯弗尔特有问题。"罗薇娜好几次都这么说，但是话说得很笼统，甚至每次这类交谈，那句话都是最普通的开场白。要是问她到底是哪一类问题，她就回答说不好解释了。一阵沉默过后，她又说："贝试图说服我——我们不再相爱了。""他怎么这么说话？"女友问。罗薇娜沉默了。"那么后来呢？"女友接着问，"他要求分手吗？""不。"罗薇娜说。"我就不明白了，那么他要什么?""别的东西。"她改变了回答的思路。"我不明白你的意思,"女友说,"我有段时间理解不了你了。他,你的男友,我从来就没弄懂过,但是现在连你我也弄不懂了。""也许等我们见面的时候,"罗薇娜说,"就像几个星期之前那样。"

从死者日记式的记录或者后来的书信引用的话里,调查员都找到了与这两名女子晦涩的对话有关的内容。

"复活的希望?"写在一张没有日期的纸上。"你装作给我一个希望,你会马上变回昔日的模样。你写信对我说,什么都必须先死去,才能复活。你这么做是想安慰我。事实上,你让我陷入黑暗的深渊之中。"

在电话簿里,事故前三个月,酒店地址的旁边写着:"虚无①之后我们的第一次约会……奇怪啊!好像他那种我视为很疯狂的感觉把我给感染了。"

调查员根本一点也摸不着头脑。

事故前一星期,在她的袖珍小日历上又出现了类似的记录:"星期五,密拉玛克兹酒店,我们 post mortem② 的第三次约会。"

调查员像是执着于某些准确的可以理解的东西,他们不断地退回到密拉玛克兹酒店午夜酒吧里的那最后一夜,按照侍者的证言,逐个小时地重现当时的情形。他们俩凑在最黑暗的角落里交谈。她松散着头发。午夜时分他们离开,一个小时后他又下来。他的脸,

---

① 此处的"虚无"是两人关系归零的一种状态,也是他们情感变化的分水岭。
② 拉丁文,死后。

安静中带着男人做爱之后才有的疲惫。此时男人又回到酒吧，为的是让他们的伴侣睡会儿觉，尤其是那些年纪更轻的伴侣，她们需要更多的睡眠。

而后，节奏变了，他要了杯爱尔兰威士忌，早上，又叫了出租车，还有司机那段极不寻常的言辞：Sie versuchten gerade, sich zu küssen。

六

在世界上任何地方,表面喧嚣的事件都伴随着截然相反的深深的静默,但是这种反差在任何地方都不及在巴尔干半岛上来得大。

狂风在那片山峦上呼啸着,高大的冷杉和橡树被吹得瑟瑟乱舞,整个半岛活像一个疯子。

然而,在谣言四起、暗查不断的世界里,在深处所发生的一切,可能同样延续着疯狂,甚至往往比表面上的疯狂更加厉害。

在外人看来,两国的情报机构就是如此,它们一直奋力地纠缠着一个像鬼故事似的东西。

先显露出疲态的是塞尔维亚的调查员。他们的阿尔巴尼亚同行虽然并不愿意承认自己是为了与对手争口气,才盲目地卷进了这起案件,但是他们也迫不及待地想找机会放弃了。

一段时间之后,总是在大家意想不到的时候,一只小心翼翼的手,神奇地再次伸进了深深的档案堆里。这是一只又细长又纤巧的手,抽血时紧张的护士勉勉强强才找得到静脉,因此手上留下了密密麻麻的针眼,显示着它的柔弱。就是这只手,不仅翻阅了双方的案卷，还查阅了另外几百条熟悉或陌生的证言。结果，冬去春来，一年一年过去，一幅令人惊叹的多彩镶嵌画完成了。两国的情报部门根本无法做到的事，他一个人，既无工具，又无资金，未受人胁迫，甚至也没有受到何种任务或者盈利的驱使，仅凭着一种个人的关心，从未外露的关注，几乎把距离机场十七公里处的谜团给解开了。

就好比一个星系，远望像是静止的，而细细端详，很容易就看出里面什么漩涡、震荡、爆炸，潜藏在无底的深渊内部。研究员的案卷夹亦是如此，它从未署名，排列也貌似杂乱无章，而实际上，它是由无穷无尽的细小碎片，按照一种神秘的顺序拼成的镶嵌画。当然，所有的旧资料里面都有，大多数还添上了其他的细节。他们睡过的酒店的名称，甚至是房间号码，清洁工、酒吧侍者的证言。还有各式各样的发票、电话、健身房、驾驶课、看病及药方的票据。似乎还不止于此，里面还不时出现贝斯弗尔特·Y做过的两个梦，看起来是他自己告诉罗薇娜的，一个简单明了，一个晦涩难懂。再就是书信、日记及事后回忆的通话片段，多数附有推测与解释，虽然它们显得自相矛盾，但在某个地方总能会合起来，接着又再度分开，随后再更令人震惊地聚拢起来。

在年轻女子的记录里，那些幸福的日子，她以一种说得出当天晚间新闻里气象预报的精确方式，都一一做了统计，把不同的酒店比较一番，评判出情绪愉悦的程度或级别。所有那些记录都附有女服务员的证言，她们记得年轻女子使用的香水，不慎落在床脚的内裤以及因为从不避孕而在床单上留下的污渍。她什么时候心情郁闷，郁闷多半是电话里与他交谈后生气引发的，她的抱怨，她的失望,或许也同样准确地表现出来。在这两种状态之间,还有第三种状态,像一片迷雾笼罩的灰色区域,更加难以解释。

在为数不多的寄给瑞士女友的信里,有一封她就用过"区域"一词。

"现在,在另一个区域里我们见面了。就算我说这是另一个星球也一点不为过。那儿有别的规则。当然,那儿有冰冷的东西,令人害怕的东西,但是我必须承认,除此之外,那儿还有充满魅力、不为人知的一面……我知道这些话让你吃惊,但是我们见面的时候,我希望解释给你听。"

"正如你们知道的,我们没有再见面。"与罗薇娜通信的瑞士女友如是说。

事故前的两个星期,她写的另一封信就更加含混不清了。

"我好像又失去了知觉。他一直在对我催眠。起初越是觉得荒唐的事,如今我接受得越快。昨夜,他对我说,我们之间所有的迷雾,近来的不解都是意识在作祟。现在我们撇开了它,可以说我们已经得救了。用身体感受起来总是更容易些。你肯定怀疑你是在和一个疯子说话。起初连我自己也那么觉得。后来,并非如此。不管怎样,很快我们就要见面了,你会觉得我说的没错。"

一连好几个小时,研究员任由自个儿随着这混沌的漩涡亦步亦趋。造成不解的意识。死前的约会,却要称为"死后"。其他深奥的话。每一句话都像锁一样,有时要把真相打开,有时则相反,要把真相永远关起来。

约会明明在死前,却要说成在"死后"。除了这一极端的颠覆，事故当天，在年轻女子的手提包里找到了贝斯弗尔特·Y的书信，或者准确地说，是他最后的便条，字迹潦草，上面开头的话就是："至于条件，还和上一次一样可以吗？"正是这封信促使情报机构加紧了对他的调查，而且它恰好与他们在密拉玛克兹酒店的最后这次约会有关。

罗薇娜与瑞士女友的一次通话，后者原本没想过要说的，就是在他们念了那张"玩世不恭的便条"之后，她才说了出来。按照大多数报告的看法，这是一次意思含糊的通话，因此，唯有在后者的帮助下才能解释清楚。

"你对我说让我别烦恼是吗？你以为这些与他给予我的幸福相比都是小事，是吗？要是我告诉你他几乎把我当作妓女呢？"

"他竟敢把你当成妓女？你清楚你在说什么吗？你让我做何感想？"

"我完全明白自己在说什么。我还要说：虽然他没有用'妓女'，而是用了'应召女郎'，但是他对待我，完完全全就像对妓女一样。"

"那你对这样的事情就忍了？"

"……是的……"

"你真是令我震惊啊！说真的，你比他更令我发疯。"

"你说得对。但是，你可能不知道整个真相。也许是我的错，在电话里和你说这些。我希望等我们见面的时候再说。"

"听着，罗薇娜。无须详细解释也能明白，他要是把你当妓女，他这么做一定有理由。他是在千方百计地羞辱你。"

"他的确想要那么做。但是……"

"没有什么但是。羞辱就是羞辱。"

"我想说的是，也许事情更为复杂。你还记得我们谈论过的电影《茶花女》吗？里面那个人物，虽然他爱着那个姑娘，但是一时生气，就羞辱她，在枕头底下放上一沓钱？"

"事情已经到这种地步了？"

"不……等等……相爱的时候有这种事情。"

"罗薇娜，别瞎说了。相爱的时候会争吵，这个傻瓜都知道，但那只是一时发怒而已。而凭我的理解，他可不是冲动，而是冷静地这么做的。"

"是的。他的确如此……那是为什么呢？"

"为什么？正是这个我根本想不通。也许他对你怀恨在心。愤怒到想要报复。一种……我也说不上来。"

"不，他不是那种人。我是，有时候我很难控制自己。但是他不这样。"

"他就是想要贬低你。来压垮你，从道德上杀死你……而不是从肉体上……你不明白吗？"

"可是为什么？为什么他要这么做呢？"

"这个只有他才知道。你对我说过你怕他。也许他，也怕你。"

"他怕什么呢？"

"我不知道。你们俩都害怕对方。不是害怕，而是恐惧……没关系。罗薇娜，我亲爱的，好好想想这件事。我不想让你烦心，但是你要小心！我心里有种不祥的预感。"

七

不容易搞清楚，情报机构到底用哪一部分调查资料来勾勒贝斯弗尔特·Y的形象。有时印象可能来自那些酒店的名称，尤其当那些他们落脚的酒店或者城市与"阿尔巴尼亚恐怖分子"的资料中出现的地方相吻合的时候。南斯拉夫人把那些人称为阿尔巴尼亚叛乱分子，他们碰巧也去过同样的地方。但是，更为细致的剖析，对那些被当成"神经质的"，特别是一点一点从罗薇娜·St与她的朋友们的对话里搜罗来的东西的剖析，有可能也被采用了。于是，被传唤到海牙的梦，或是"你要小心！我心里有种不祥的预感"这样的话，必然从调查资料里被抽了出来。

此外，贝斯弗尔特·Y最后的便条，已经被当成"玩世不恭的便条"，翻译成了欧洲委员会的常用工作语言，有几回旁边还注有质疑的批语："翻译准确吗？'条件'和'好的'这两个词的语体色彩在原文阿尔巴尼亚语和其他的语言中一样吗？"在所有塞尔维亚人的论述边上都引用了这条批注，他们竭力要证明分析员贝斯弗尔特·Y就是个危险的精神分裂者。

在一份二十九人的名单中（按照塞尔维亚情报机构的说法，这些人的调停以及他们所写的科索沃大屠杀报告，成功地迷惑了西方国家的政府），与其中的克林顿、克拉克[①]、奥尔布赖特[②]等重量级的大人物相比，贝斯弗尔特·Y不过是一个星光暗淡的小角色。然而，说到暗中推动，往往还一马当先地怂恿这些大人物来对付可怜的南斯拉夫，贝斯弗尔特·Y就是唯一能与美国总统一较高下的人。比起这位阿尔巴尼亚分析员致命的愤怒，后者与莫尼卡·莱温斯基的风流韵事更像一段无伤大雅的田园牧歌。毁灭一个国家，显然就像控制，更准确地说像征服女人一样，令他神魂颠倒。报告里，"塞尔维亚一屈服，你就好像不知该干什么似的，又冲着我来了"这样的话，毫无疑问表明了这位分析员狂躁的天性。

身份不明的研究员比所有的前人都更为准确地分析出，现在戏剧散场之后，为什么情报机构才卖力起来。的确，大幕已经落下，海牙法庭正在处置塞尔维亚的前领导人，然而在欧洲懊悔的浪潮尚未平复。要求重新审视一切，甚至要求"送去海牙"、"送去海牙"的呼声也越发不绝于耳，但是这次被声讨的不是失败者，而是胜利者。一位历史学家如此写道：塞尔维亚希望不再用武器，而是用同情和片片废墟，讨回它失去的科索沃。

好似为了平衡那些模糊难解的部分，这份调查写得非常准确，堪称典范。姓名、日期、报纸的标题、引用的新闻、声明和反驳的

[①] Wesley Clark (1944—)，北约盟军最高司令，指挥过1999年的科索沃战争，空袭南联盟。
[②] Madeleine Albright (1937—)，1997年至2001年任美国国务卿。

内容，应有尽有。姓名还按顺序排好，他们的立场往往还是对立的。比如阿兰·杜策里尔、威廉·沃克、托尼·布莱尔、君特·格拉斯、诺姆·乔姆斯基、安德烈·格鲁克斯曼、哈罗德·品特、贝尔纳-亨利·莱维、保罗·加德、彼得·汉德克、帕斯卡尔·布鲁克纳、特雷莎修女、易卜拉欣·多米尼克·鲁戈瓦、谢默斯·希尼、教皇约翰·保罗二世、帕特里克·贝松、加布里埃尔·凯勒、伊斯玛依尔·卡达莱、克劳德·杜朗、贝尔纳·库什内、雷吉斯·德布雷、造桥者雅克·希拉克（贝尔格莱德桥的守护者）、毁桥者波格丹·博格达诺维奇（建筑师，摧毁这些桥的发起者）、拉青格红衣主教等等。

不为人知的研究者认为，那些看似依照巴尔干的习俗将延续几个世纪的情感，比如塞尔维亚人对保护者的感激，抑或是他们对毁灭者的仇恨，忽然开始变淡了。半岛上新的地缘政治，《稳定公约》[①]，昔日或敌或友的顽固国家，为了一起加入他们梦想的家庭，在欧洲大门前列队等候，这一切把看似不可能的事情变为了可能。复仇的誓言、愤怒与叹息，如今回忆起来，更多的是带着好奇，而不是满怀痛苦。

当时的一些闲言碎语，消融得更慢一些。比如其中一个言之凿凿的说法，居然把特雷莎修女说成了导致南斯拉夫遭轰炸的主谋，甚至提到她半夜给美国总统打电话，说："我的孩子，为我的阿尔

---

① 1999年6月10日，在德国举行由欧盟发起并主持的东南欧问题外长会议，会议通过《东南欧稳定公约》。公约主要内容是在巴尔干地区实现民主与和平、进行战后经济重建，以及向该地区各国提供援助等。

巴尼亚人民做点事吧,惩罚塞尔维亚吧。"与此同时,和以往一样,一首克林顿总统惩处塞尔维亚的酒吧歌曲传唱着:

> 比尔,炸塞尔维亚吧,
> 听某人的建议……
> 炸塞尔维亚吧,
> 那比搞莱温斯基容易。

研究员本人看起来对一切不偏不倚,保持中立,却突然给人一种感觉,他有点急于从事件发展的这一史诗般的结局中抽离出来,另辟蹊径。

八

　　现在询问的过程就好像是坐飞机，先前还翱翔在一片晴空之下，后来又飞入一团云雾之中。晦暗的猜测令人疑窦重重，措辞模棱两可，从回忆中抽取出来的对话无法解释，一切好似都在混沌中时隐时现。他说："在上一封信里你对我提到征服。你真的这么梦想过吗，哪怕只是偶尔而已？那么你知道我倘若被征服，可能变得更加危险吗？"她回答："相信我吧，我们之间的这种不解弄得我筋疲力尽。"他又说："这种事你没什么可担忧的。这是一种肉体上的焦虑，而不是心灵上的。"他昨天对我说："你应该相信我们之间的约定。""什么约定？我第一次听你提起。""是吗？""你要是真的当我是朋友，就应该说清楚。""你说得对，但是你以为我轻易就能做到吗？""在这件事情上，一切变得越来越晦涩难懂。""你听说过恩培多克勒①吗？""嗯，这个名字我有点印象，但是我不敢肯定。""我原本也不知道。他是古代的一位哲学家，出于好奇，想要看看人们从未亲眼见过的东西，他竟然从埃特纳火山②口跳了下去。""哦，真的？这和你有什么相干？""不，不是和我，而是和我们两个人有关。""但是,我还是不理解。""是这样,一天,他对我说我们正在经历未知事情的时候,提起了这个有名的恩培多克勒。""罗薇娜,我还是弄不懂你。难道你们想要跳入某个深渊,就因为五千年前有个疯子那么干过?""别急。我还没有轻率到摊上这样的事情。只是一个比方而已。就像我们在学校里学过的比喻。""但是,即使那样,我想起来还是觉得害怕。""本来就很恐怖嘛。""你对我说的时候,我觉得毛骨悚然。人因为好奇,跳进岩浆里……说真的,多荒谬的好奇啊!""为什么你认为火山口是燃烧的呢?""怎么?""我想问你觉得火山口有没有岩浆呢?""这重要吗?""你一说火山,就想到了岩浆。而我想象它是熄灭的,黑乎乎的,没有希望的。我觉得那样才更加恐怖。慢着,他说这样就想成是坠入一个黑洞,而出现在别的区域……""听着,罗薇娜,听着,亲爱的。你别误解我的意思。你最好尽快来这儿休息几天。阿尔卑斯山的空气对你有好处。像从前一样,我们俩会愉快地在一起。我们来回忆回忆大学时候的趣事。你还记得同年级的那个都拉斯③男生写的打油诗吗?

罗瓦④是枚抗生素,

螺旋霉素的缩写,

---

① Empedocles(前490—前430),希腊哲学家、政治家、诗人、宗教教师和生理学家。
② Mount Etna,意大利著名的活火山,位于其南部西西里岛。
③ Durrës,阿尔巴尼亚第二大城市,临得里亚海。
④ "罗瓦"(Rova)是"罗薇娜"(Rovena)姓名的缩写。

罗薇娜会催眠术，

　　优雅迷人挡不住。

　　比起其他所有人，年轻女子"我害怕"重复说得最多，研究员拿它开场，对出租车司机进行了询问。

　　"她说过：'我害怕，但我不知道怕什么，为什么怕。我装作不害怕他。他也装作不再令我害怕。但是所有这些，全都不是真的。'"

　　"为什么你那么害怕你看到的东西，或者你以为你在后视镜里看到的东西呢？"

　　问题虽然是从书面笔录里借用来的，但是丝毫不失凝重感。

　　"你想到了什么？哪怕是模模糊糊地，间接地想到什么？一种抗拒，一个'禁忌'，一件不该发生的事？"

　　"我无法形容。我不能确定。"

　　"你当时很害怕？"

　　"是的。"

　　在这件事情上，所有人都感到害怕。无论有没有原因。害怕彼此，害怕自己，害怕无从知晓的什么人。

　　一部分害怕从出租车的后视镜传递出来，剩余的害怕不知来自何方。

　　最终研究员不仅成功地见到了露露·布鲁姆，还说服她谈一谈，继续合作。很难让她放弃对谋杀的猜测，但是要接受这种猜测也不是易事。

那个女人怒火难消。"你们是瞎了吗，还是装作看不见？"她时不时说道。在她看来，就是从大老远也看得出他的凶手心态。梦魇或者，确切地说，睡眠中他对海牙法庭的恐惧，表明了那一点。

研究员想打断她，想要告诉她那些年海牙令许多人感到恐惧。塞尔维亚人、克罗地亚人、阿尔巴尼亚人、黑山人，可以说整个巴尔干半岛都因此而战栗。但是研究员还是忍住了。

露露·布鲁姆继续说道，不仅是法庭传唤的那个梦，还有另外一个梦，一个已经被习惯地冠以难解、神秘等等评价的梦，在她看来，一点都不神秘。研究员先生当然知道，她指的是一座死气沉沉的大楼，模样介乎陵墓和汽车旅馆之间，来人在那里敲门，要找人。随后出现的是一名年轻女子，她或是被关在里面，或是已经没有知觉，换句话说，她被杀了。

从询问材料上看，贝斯弗尔特·Y 在死前的一个星期做了这个梦。按照逻辑，他应该在除掉罗薇娜之后做这个梦才对。但是，研究员先生像是可能知道（像是他可能甚至比她知道得更清楚），在睡眠时这种迁移再正常不过了。这个梦比其他一切都更清楚地证明，当时在贝斯弗尔特·Y 的潜意识里，已经做出了除掉罗薇娜的决定。

研究员无论相信与否，都一直默不作声、饶有兴趣地听钢琴师讲述。这个女人具有一种特别的能力，可能是音乐带给她的，她善于营造事件的氛围，特别是说起那些推测的状况。比如说，每当提起最后一个梦，她从来不忘描绘一下大楼半夜的灯光，那种不知来自何方，石膏般冷飕飕的无望的光芒。

而每当她描述起十月十七日早晨的另外一件事，在研究员的头脑中就形成了一种令人陶醉的幻灭，令他根本无法摆脱。

几十回，几百回，他想象着贝斯弗尔特·Y走在雨雾之中，紧紧地搂着一个女人模样的东西，而谁也不知道，它是真是假。

像是被这幕景象诱入了陷阱，研究员勉强才挣脱出来，问道："那么依你看，这之后，之后发生了什么？"

露露·布鲁姆沉浸在自己设置的陷阱里，显然并不想回答。研究员不断地反问自己，当时他想，还没听到那些问题时她就一副闷闷不乐的样子，要是我大声问她，还不定会怎么样呢！"那么，布鲁姆女士，后来发生了什么？"他继续自言自语，"我们知道她送他去机场，而自己并不会坐飞机。所以，我们知道，可能发生的一切，都将发生在出租车上，发生在从酒店到机场航站楼的路上。的确，有事情发生了，而且就发生在出租车上，他们都在车里的时候。您想想看，这是不是多少有点像两国交战，对整个世界来说都是一场灾难……或许，您认为杀了人与想要杀人是一回事儿？我有时也么认为。但是，这次我们要努力找出凶手是如何行凶的，不论谋杀是人为的，还是外力造成的。从酒店出发以后，乘着出租车，谋杀的可能性就很有限了。除非他们途中在什么地方停了下来，停在一个小房子或是一个隐蔽的地方：'……司机，请你停车，在这儿，我们去那边那个小教堂有点事……'"

露露·布鲁姆叹了口气，暗示他们两人想得完全不同，所以根本没法沟通。

"但是您可以说说谋杀的动机。"研究员确信她会不屑一顾，所以大声说道。

　　钢琴师不但没有生气，反而突然显得亲切多了。她轻轻地开始对他讲，她一直想说说动机，但是没有人愿意听。她曾经提到过午夜的通话，以色列国家安全局，他对海牙法庭的恐惧，但是调查员们都装作听不懂。明显他们也很恐惧，贝斯弗尔特·Y对任何靠近他的人都是危险的。对与他睡在一起的女子更是如此。显然，他对她说了什么不该说的事，后来他后悔了。"众所周知，危险的人后悔时会怎么样。一千年来都是如此：除掉证人。罗薇娜·St知道的事情太可怕。我只要对您说一件，就会令您毛骨悚然。比如，我告诉您，提早两天她就几乎准确地知道南斯拉夫被轰炸的时间了。您现在明白为什么我不想说这些事了吧？"

　　钢琴师说得滔滔不绝，于是询问过程拉长了，膨胀了，藤蔓丛生。很明显，研究员时而竭力想走出那层迷雾，时而他又显然想隐匿其中。

　　从案卷的中间开始，一个问题终于被清晰地提出来：案件的两位主人公——贝斯弗尔特·Y和罗薇娜·St到底是什么人？他们是在演戏的两个普通人，换句话说，他们按照所有熟知的套路，装扮成情人，而事实上就是一对低俗寻常的嫖客与妓女，还是反之，他们是一对富豪情侣，就像昔日的王族，隐姓埋名，衣着褴褛，在城市里游荡，想要在妓女与嫖客的外表下隐藏他们的爱情？

　　又经过一番更为深入的探究，研究员推测贝斯弗尔特·Y和他的女朋友只不过是两个游走于常理之外的人。

也正是在这一部分的案卷中,就像人行走在疑窦丛生的小路上时,想在身后放上小卵石或是留下曲曲折折的灰烬做些记号似的,研究员第一次努力关注起他自己来。他先写道:"那我自己竭力钻进没人进的地方,我又是什么人?"接着又写道:"你们找找我,你们会找到我的!"

显然,作为调查材料的撰写者,面对后来的同行,他肯定,以后,在他之后,一项新的研究,不一样的研究,还会进行下去,因为这种探究的欲望,就像人性海洋里的波涛一样,是无穷无尽、周而复始的。这些话,越读越觉得更像是有人在哭诉,由于跌入了一座陷阱或是一个深深的牢笼之中,他乞求着人们把他从里面拉出来。

九

在调查材料第一部分的后记里,研究员再次提到了那整件事里被他称作"本质上反常"的东西。

不仅仅是言语,对话或是便条的措辞听着也很诡异,换句话说,不但语言的材质像是遭到了突袭或是中了毒,显得僵硬不堪,而且就连酵母本身,语言内部的逻辑,也拧巴得不成样子。即便把文本重新梳理一下,即便把它转化为寻常的语言,反常的痕迹还是凸显着,这就证明在很深的某个地方,在本质上,出现了故障。

就像维修工钻到地底下去寻找损坏的管道,研究员拼命一连干了好几年才真正靠近了事件的本质。

在他的记录里,他自身的苦恼显露出来,与消失的那两个人一样。所有一切的呈现,颠来倒去地,时而解脱得令人陶醉,是一幅崭新世界的图景,时而又僵硬得完全没了生气。

是什么让这两个情人接受这样一种反常的状况呢?

说起爱情的死亡,那就意味着冷淡。但是两个人的体验从来都是不一样的。总有一个人,至少在一开始的时候,先遭到了痛苦的打击。

在这个案子里,一切变成了另一番样子。因此要提的问题也就不一样了:是两个人都处于"死后"的状态,还是只有一个人呢?

当然应该只有一个人。也就是说,当时一个人攻击了另一个人。无论如何不清楚的是:他们俩中哪一个人遭到了攻击?

几十遍,几百遍,研究员来回重复着这些问题:是什么促使他们俩把一种这个世间反常的状态看成自然的状态?他们知道什么,看到什么别人根本无法名状的情况?他们发现了什么隐藏的规则,时间往别的什么方向流逝了吗?他就站在那道屏障似的墙脚下,只要一小步就足以跨越到一个新的思想领域,但是那最后的一步恰恰是最不可能实现的。

一连几天他冥思苦想,找寻着那条锁链,那条把他的思想像野兽一样禁锢起来的锁链究竟会是什么。猜测死死地困扰着他,他们俩莫不是,即便是在一瞬间,费劲地解开了野兽身上的锁链。他们想要跨过这道边界,恰恰在那里他们失败了。

有时候,他觉得无论如何发生的事情都与人们熟知的疑问有关,即爱情是否真的存在,抑或它只是一种霓虹般病态的感觉,一种新奇的幻觉而已?因为爱情在这座星球上出现只有区区五六千年,还不知道地球是要接纳它,还是要把它当成外来物质再抛掉。

人们已经拉响了臭氧层裂开、沙漠蔓延、恐怖主义威胁的警报,可是从未有人警惕过爱情的脆弱。也许是为了证实是否存在爱情,一些宗派建立了起来,而他们俩,贝斯弗尔特·Y和罗薇娜·St,有可能加入了一个这样的组织。

一个满天星斗的夏夜，他突然感到自己从未如此接近过禁区，但就在这禁区的边缘上，他像得了癫痫似的倒下了。

他昏昏沉沉地度过了那年整个夏天，一直受到那些诱发人住院的消沉情绪的影响。

受到一种新方法的诱惑，他决心冒险一试：在他广泛询问的基础之上，努力逐日逐月地把罗薇娜·St 和贝斯弗尔特·Y 活着的时候，即他们生命最后四十个星期发生过的事情重新写出来。他明白，就像柏拉图所言，那种编年史式的记录只可能苍白地反映出永恒存在的形式，但是，他不能放弃希望，他哪怕从还很模糊的表象出发，也希望能够靠近这一形式本身。

要把最后四十个星期的事情说清楚，嘴上说着容易，干起来像是不可能的。它就像一个漩涡，鼓鼓地闪着强光，不肯屈服于人。

有时候他觉得，要是把事情按天或按月，下一次再像古代史诗一样按幕或乐章来记载，他兴许会把握得更好些。

他听说过讲述《伊利亚特》需要四天的时间，他的故事也许得花同样长的时间才能讲完。要讲述任何一段历史，都必须经历三个阶段：纯粹的想象，言语的修饰，最后，才是对他人的讲述。

一种预感告诉他，他可能只有能力完成第一阶段。

因此，一个夏末的夜晚，他真的开始想象他们的故事了。但是想象不仅费力，而且他内心又那么热切，那么渴望，以至于想象起来比过一辈子还令他感到疲惫。

第二部分

一　四十个星期前，酒店，早晨

在酒店的时候往往如此，他觉得是窗户把他唤醒的。他眼睛盯着窗帘看了片刻，像是要努力由此来判断自己所在的酒店。但他还是什么也搞不清楚，甚至都不知道自己身处哪座城市。然而，刚刚做过的梦，他看来还能准确地回想起来。

他把头扭到另一边。罗薇娜的头发乱乱地散在枕头上，使得不仅她的面庞，就连裸露的肩膀，都像是更加柔弱了。

贝斯弗尔特·Y 总觉得女性光滑的脖子和臂膀，配上她们苗条的外表，是可用于战术的那一类武器，军队就常常用她们来诱惑对方。

过去的九年，从第一次她走出浴室，躺在他的身旁起，他觉得罗薇娜就是这样：柔柔弱弱的，似乎他胳膊一抬就会伤到她，轻而易举就能控制。接着往下是小小的乳房，那像少女似的乳房，无疑是战术施展的地方。然后是肚子，又一处诱惑的陷阱。在肚子的尽头，在黑暗的三角区下，潜藏着最后的屏障，幽暗而充满挑衅。在那里他被击败了。

为了不吵醒她,他小心翼翼地掀开了被子,就像之前几十次那样,端详着她的肚子和他缴械投降的地方。毫无疑问,这是世上的特例,没有那种失败他就无法拥有幸福。

他又仔细地把被子盖好,看了看手表。她快要醒了。也许,还有时间赶在那个梦消失得无法描述之前告诉她。

在各种各样的酒店里,这一切重演过多少次啊。他心里那么想着,并不准确地知道"这一切"真正指的是什么。

在他做的梦里,他正与斯大林共进午餐。他觉得一切都那么自然,甚至就连斯大林的脸时不时换成了他高中班上一个叫什么萨纳斯·雷扎的同学,他都没有丝毫深刻的印象。"我的右手失去了知觉,今天已经第四天了。"斯大林一边对他说,一边把几张纸放到他的面前,"这两份条约你签署吧。"

签第一份的时候,他本想问问是什么条约,可是,当时斯大林抢先说道:"虽然这是秘密的,但是要是你想看,就扫一眼吧。"他本来没抱什么希望的,但是既然如此,出于好奇,更多是因为好玩,他扫了一眼第二份条约。条约乱得很,有几点看起来还相互矛盾,此时他又想起了萨纳斯·雷扎,他就是因为历史课的两次考试都没有通过,才辍了学,而历史课上讲的偏偏就是世界大战前夕的《苏德互不侵犯条约》。

疯狂的梦啊,他心里想。他印象中后面还有什么,但是怎么也想不起来。他把目光从窗帘再次挪到了罗薇娜的脸上。他觉得她就像燕子一样,带着些许不安,虽然依旧闭着双眼,但是马上就会醒来。由于通常他起得比她早,多次端详过她熟睡的脸,他相信一个恋爱中的女人睁开眼睛的方式一定与众不同。

罗薇娜没有醒,而他,站起身来,走到房间前端离床较远的窗户旁,拉开一点窗帘,呆呆地望着树上黄叶簌簌飘落的马路。

不知为何,在他的脑子里他们一起住过的酒店名称开始逐一列了出来。购物中心、洲际、皇宫、佩佩先生、萨赫、万豪。这些酒店闪着惨淡的灯光,蓝色的、橙色的、浅红色的,他好几次扪心自问:这些酒店着急忙慌地干吗呢?为何他会像一个求救者似的想到这些酒店呢?

他觉得肩上发凉,便转身进了卫生间。大镜子底下又是惨白的光线,这一回发光的是她的化妆品,香水、梳子、各种面霜。它们,毫无疑问,随着岁月的流逝,与她的脸你来我往,获得了某种东西。

他们最美好的时光就是他坐在浴缸旁的白色小长凳上,看着她沐浴。在水面之下,她的私处不断变化着形状,时隐时现,像是蕴含着双重的意味。

"你在琢磨什么?"她问他。然后,她抬起俯视着自己身体的眼睛,凝望着他,说道:"等我好了,你要出去一下吗?"从躺在床上等她的时候起,他就听她在低声哼着熟悉的旋律。

昨夜,照例一切按部就班,精确地几乎同以往丝毫不差,但是这不能阻碍他不断地回想起在路上对她说过的话:"某种东西已经不同以往了。"

他淋浴出来,罗薇娜依旧还没醒。甚至,脸上预示着她即将醒来的迹象也消失不见了。她的双颊、整个额头都暗淡无光。他想起了前些年她第一次过来时的情景。一夜无眠之后，她坐在了椅子上，神采奕奕。按照后来她的解释，她脸颊上贴着当时很流行的亮闪闪的东西，就像梦的碎片一般。她直直地注视着他，对他说起自己一路上想过的事情，用一句法语歌词来表达就是：J'ai tant rêvé de toi。①

从来没有人如此自然而又直接地向他示爱。

"我会爱你一生一世。你绝望的爱人。"他知道这些话后来她也说过或是写过，但是他还是把它们像脸颊上闪亮的东西一样，和那个初次的约会联系在一起。

又像是想求救一般，他想起了那些灯光暗淡而名字响亮的午夜酒吧：凯宾斯基、王储、内格雷斯科。"哦，上帝，我和你在一起多幸福啊。唯有你给我这种幸福。"他印象中没有说过那些该说的恭维之言，但是这个世界上的事情往往如此，这么一想他多少安心了些。

一阵清风正吹得成群的叶片围着铁质的灯柱打转。不是某种东西，而是一切都不同以往了，他暗暗想。

当他们离酒店不远的时候，他就对她大概说了那些话，她眨着眼睛，像是干坏事被当场逮住了一样。"那么……"她说道，旋即又突然镇定下来。"对我而言，不是那样，"她急忙回答，"根本不是那样。"

她重复说着那些话，而那些话不但不能令他心安，反而像钉子

---

① 法文，多少次我梦见你。

扎在他的身上。

"对我，不是那样，"她又说，"也许对你是的。"

"是对我们俩。"他答道。

他忽然把头转回来，因为他觉得她已经醒了，而此时，他记起来了有关斯大林的梦后面的情形。

还是他们两个人，这一回是在新圣女修道院。在墓地里行走艰难。斯大林一只手拿着几朵花，看起来像是一直在找他妻子的坟墓。

他想，等一下斯大林就会对我说："你把花放上，我的手已经失去知觉了。"然而斯大林大怒，眼睛冷若冰霜。至少，在斯大林推倒大理石墓碑，怒吼"叛徒，你为什么这么对我"的时候，他可不想在场。

他差不多知道斯大林是怎么想的。"你就那么埋怨我干的坏事吗？可是，你要是坦诚待我，就不会扔下我一个人。任我去制造灾难。让我孤零零地在这片荒地之上。在这片恐怖之中。"

二　同一天早晨，罗薇娜

第一次我假装还在睡觉。为什么？连我自己也不知道。与生俱来，就像童年时那样，我认为闭着眼睛的人可能比醒着的人更先知先觉。

我感觉他抚摸了我的头发，又掀开被子看了看我的肚子。就在那时，我本想对他说："亲爱的，你醒了？"但是实际上，我却反而把眼睛闭得更紧了。就像孩提时我在偷偷地窥视父母亲是否还在为我前一天犯的错生气那样，我开始对他的后背，而不是他整个人细细观察。他发怒的方式五花八门，但是在我看来，他的怒气全部都压在他的后背上。

事实上，我就是这样，第一次从后背认识了他。甚至，我可以说，给我留下印象的并不是通常我们认为的眼睛、声音或者走路的样子，而恰恰就是他的后背。

每个听我如此叙述的人都会以为我是疯子，要么就是装腔作势，是那种在任何时候都故作与众不同的人。而事实上，我并不是那样。

"你看到正往大门走的那个人了吧？他就是贝斯弗尔特·Y，昨天提到的那个人。""他就是那个和以色列有过麻烦的人？""正是，而且显然，就是为此，他们正要把他赶出大学，否则事情会变得更糟。"

我很好奇地看着他，他却头也不回地出了门，于是在我头脑里只残留下了他后背黑暗的四四方方的轮廓。我觉得那后背很沉重，重得近乎悲怆。有时我觉得我会稀里糊涂地被有麻烦的男人吸引，也许就是从那一天开始的。

如今，这么多年过去了，在酒店的窗旁，他的后背还是与那时候一样暗淡，一样不可捉摸。"一切都不同以往了"，那些即便是在饭桌上说出来也令人无法忍受的伤人之语，如今，透过他的后背涌过来，像是被放大了十倍。

罗薇娜在床上缓缓地挪了挪。但是她从新的位置看不到更多的东西。后背还是一副先前的样子，只是由于窗户过亮而愈发显得暗了。就好像他们的故事倒退了回去，回到了最初开始的地方。

之前郁闷的时候，罗薇娜喜欢想些相反的事：甜蜜的状态或是言语。奇怪的是，她只能想起他们争吵的情景，主要是打电话时的争吵，而且那些情形通常有两个版本：一个是她实际经历的，另一个是她向瑞士女友转述的。而后者，由于都是些她心里想过却没能说出来的话，这些话甚至后来更加刻骨铭心，已经自然地与她的转述融合在了一起，因此显得迥异。他反对我一贯抱怨他霸道的个性（"你把我变成了奴隶，你遇到我的时候我还很年轻，你想怎么对我就怎么对我"）。他说自负的男人才暗地里喜欢这样的话，而这些话，相反，令他难过。把人变成奴隶没什么好炫耀的。所有东方和巴尔干的大老爷们都是这样。你很难与他争吵起来。有时，就在厮打的当口，你却想要拥抱他。

这种时候，罗薇娜尽力平复着自己情绪上的波澜，但是她怎么也平静不下来。她一直自个儿念叨着：他向你抛出了锁链，叫你公主，事实上，他很清楚，他才是王子，而你不过只是个奴隶。"我对自己这么说，但是什么都没有改变。你明白吗？""我很难理解你的意思，"来自伯尔尼的女友回答我说，"你说的就是，你们在一起时相处得很好，打电话的时候却闹得很僵，虽然就我自己的经历来看正好相反，我们在电话里浓情蜜意，刚一见面就吵起来，但我理解你。亲爱的，这一点我理解，但是其他的，关于奴隶和奴隶主的那些话，我觉得太过分了。""我知道，我知道，你总是那么觉得，都是别人的问题。"有时候和女友解释起来就和吵个架一样费劲。"我现在尽量简单地把事情告诉你：他让我活不下去了。我不是说他有意这么做，但是事实就是这样：他把我捆住了，他不放开我。他的生活和我的不一样，他的生活在走下坡路。他不做别的，就是拽住我跟着他走。他不会考虑我，考虑我还年轻，考虑我的牺牲。"

"糟糕的是，就像我对你说过的，你很难和他争吵，争吵也很难获胜。一次，我含泪对他说，我给了他我整个青春，不求回报，他冷冷地回答我说，他也给了我他作为男人一生中最柔情的时光。"通常，他们的争吵就这样结束了。争吵过后，他又拽住她跟着自己走，他确信她会跟过来。因为他老早就知道她后来才明白的事。而她，像是太自以为是了，不仅当面，还写信与他说这个。现在她明白了吗？

"不，我搞不懂你。"这是她女友的回答。"在你的信里，你对我说的刚好相反。你说你很幸福，表达起来就是，你疯狂地恋爱了。归根结底，我们大家都在等待着生命中的这一刻：我们恋爱了。在一个外人看来，这句话本身有点问题。你恋爱了。Fall in love。[①]有点像你掉进了一个坑，一个陷阱，也就是说，你多少得受奴役。要是贝斯弗尔特待你不好，你可以生他的气，你可以不依不饶。可是你要为了别的事，为了他让你先爱上了他而生气，就不可以。对此你应该感谢他。要是你突然宣布这种关系有问题，那么错也在你，而不在他。罗薇娜，我亲爱的，从你对我说的那些，我无法理解你。除非，还有我不知道的其他事。我感觉连你自己也不知道你要什么。"

事实上就是那样，罗薇娜并不知道她要什么。他流露出嫉妒的时候，她生气，但是他漠不关心的时候，她更恼火。为了那个著名的活不下去的问题，她发过飙，其中一次发飙的时候，他先挖苦说，"啊哈，你脑子里居然有冒险的想法"，而后又恶毒地添了句，"随你便吧，我们之间没有任何忠诚条约"。

哦，真的吗？她心里想，我对你来说就是这么回事？你等着瞧。

一连几天，那次通话酸溜溜的余味都挥之不去。你等着瞧，她

---

① 英文，恋爱。

重复着,总有一天,你会抛掉面具的。

愤懑之时,她反问自己,那一天究竟是什么样子,那面具又如何,她真的希望这一切发生吗?

他依旧像之前那样,一动不动地站在窗前。更确切地说,是他的后背在窗前伫立不动。

罗薇娜最后一次努力睡过去,哪怕只是再睡上一小会儿。哪怕只是几分钟,她也希冀变着法儿地迈入新的一天。而这一天,就像每个潜伏着危机的日子一样,不顺。很难往好处去想,就像刚才想的那样,回忆一些甜蜜的事情。比如说回忆一下第一个早晨,她带着对贝斯弗尔特的爱意苏醒过来。毫无疑问,这是任何爱情故事中最美好的部分。天蒙蒙亮,你一对一,面对着你的新主人。也就是,你自己造就的暴君。屋里的窗帘,你散落在枕头上的头发,乳房的兴奋之情,他正一件件收入囊中的这一切,都改变了模样。

她觉得自己再也不能去想那一天了。更确切地说,她不愿意去想。像这样一个不顺的日子,只配得上另一番回忆。一种大获全胜,带着复仇的辛辣味道的回忆。她时而想的是在车上她们第一次接吻时露露柔软的嘴唇,那是她一生中第一回亲吻一个女人;时而想的是他们跳着舞,她的身体自然地任由那个斯洛伐克学生随意抚摸时四下的音乐声,那是她遇到贝斯弗尔特之后第一次和别的男人在一起。

莫名的恐惧令她无法集中精力。她一直认为过多地回忆往事不是好征兆。据说分手之前回忆才会泛滥。

她明白这回事,但是她无能为力。恐惧,就像所有那些虚空的东西一样，令人无法忍受。现在比露露第一次劝告她要提防贝斯弗尔特的时候更糟糕。"听我说，亲爱的，你不要以为我嫉妒才说这些。我是嫉妒，这我不想掩饰，但是我从来没想过因为嫉妒，就把什么人诬陷成杀人犯。我知道你不相信我，只是，从你对我说过的那些话看，他具备杀人犯的所有特征。如今杀人犯就是那样，出人意料。你的银行咨询师、钢琴调音师，或者是星期天做弥撒的神父，那个你从来意想不到的人，恰恰可能是杀死你的人。不要相信他洁白的衬衫、领带和带有欧盟徽章的提包。我没有妄想症，亲爱的，相信我。经验已经告诉我他们是什么秉性。你的身体，皮肤特别白皙，令我生畏。对他们那类人格外有诱惑力。"

对于这最后一点，尽管罗薇娜追问个不停，露露却只是含糊其词，并没有说什么。在她看来，罗薇娜拥有令人震撼的洁白肌肤，对心理脆弱的人具有诱惑力。

吱吱呀呀的开门声让她睁开了眼睛。他已经不在窗前。看来，他下楼喝咖啡去了，最近他常常这样。

现在他不在，她觉得自己更可以胡思乱想了。

她想象着他坐在酒吧的角落里，就像他从前在文化宫的咖啡馆里那样，坐着沉思。为了处理那个看似没完没了的问题，他来过几趟系里，那是其中一次。她老远就认出了他，那也是她第一次看到他静静地坐在咖啡杯前。

这一回主角换成了罗薇娜，她与女友坐着吃冰淇淋，她向后者解释那个男人的秘密。"他因为以色列遇上了麻烦，更确切地说，是因为一场棋赛，一场或许他不应该下，或者他不应该输的棋赛，我也弄不清楚，说起来有点复杂，甚至，在我看来他也不应该赢。"

"你把我脑子弄糊涂了。他怎么成棋手了？你说过他要给他们上国际法的。他的眼神看起来那么空洞。一定是因为出了什么事。""不，我不相信他是职业棋手，但是，显然碰巧外国人也在下棋。你觉得他的目光空洞是吗？而我就喜欢那种空虚感。"

"在我看来，你还想着他。"这是她女友的话。而对此，罗薇娜的回答是："我不知道。也许，是的。但这是极不可能的。""什么是不可能的？""一切，"她回答，"从他来到系里，我们所有的人欢迎他……"

"当然不可能了，在那之后……在他做了那件错事之后。"这是她女友的话。

拖着独裁者的雕像在地拉那穿城而过的锁链发出咔嗒咔嗒的声响，不时地干扰着她的思绪。那响声，比一场地震还要厉害，把一切都劈成了两半。所有不可能的事看起来都可能了，就像他们认识一星期后一次共进晚餐时他说的话——他邀请她去中欧的一座城市约会三天。

她什么也没说，像犯了错似的低垂着眼睛，晚餐后的夜晚，她觉得，整个世界都变得朦朦胧胧的。

一夜无眠，我像是发了烧，同样的问题在我的头脑里绕来绕去。这个邀请是什么意思？是情色之邀吗？当然啰。还能是什么别的意思？单单，在一家酒店里。三天，也就是三夜。和一个男人，你还没拥抱过的男人。哦，上帝，不可能有什么别的意思。一切她又从头想了一遍：要是不是那样呢？要是房间不是双人间呢？当然不会。当然不可能不是双人间。而且，床，也是双人床。

一周之后，他打电话通知我，声音矜持得近乎冷酷，票已经买好了，仅此而已。他不等我回答，甚至不由我生气，这个人怎么敢摆出这样一种近乎封建君主的架势，向一位年轻女子宣布邀请她去旅行？为了爱也好，为了性也罢，都不给我时间想想，就好像旅行什么也不为，而他只是通知我，他怎么把票给我，什么时候动身。

我所有的发泄，所有以"他怎么敢"开头的话都是我想的，但是那些都是空话，都没有真说出来。事实上，我顺从地，低着头，为了做个满腔傲气的年轻女子而克制着自己，去了"欧洲"咖啡馆，他在那里等我，给我票。给旅行找个理由并不像我想的那么困难。你知道各种论坛、非政府组织、教派、少数民族以及那些"另类"团体都有成堆的邀请函。"小心，别是个女同性恋团体。"未婚夫看似狡黠一笑，对我说。一周之后，失眠得脸色苍白的我，已经站在里纳斯机场①里了。远远地我们打了招呼。他看起来一脸庄重，是我喜欢的样子。在这种情况下，轻松的感觉反倒是我根本无法忍受的。

那天雨雾弥漫。飞机看起来似乎很难穿行其间。我彻底麻木了。一度我觉得这次旅行不会有终点……甚至，我想起身，走到他身旁，因为，至少在我们俩掉下去之前，我可以把头靠在他的肩上……

---

① 即阿尔巴尼亚首都地拉那国际机场。

抵达那一夜，我们俩还是两个陌生人，最终并肩坐在了向大城市飞驰的出租车上。对面汽车的灯光暗淡地划过，时而照亮他的脸，时而把它又留在阴暗之中，好像是一副面具。

我们没有说话。他把手臂搭在我的背上，而我瘫软了，等着他吻我，他却没有动。他像是比我更麻木，一副心不在焉的样子。

在车内的后视镜里，一瞬间我的目光碰到了司机的眼睛。我觉得他似乎在盯着我看，而不是好好看路。我知道这是因为我累了，但是无论如何，我还是动了动，挪出了他的视线。贝斯弗尔特觉出我挪动了，又把我往他身边靠了靠。但是我们还是没有拥抱。在酒店的房间里，我们打开提包的时候，似乎还未看到彼此。

在餐厅里，特别是在午夜酒吧里，我们第一次接吻了。我揣度着说点什么，但是连我自己也不知为什么，另一番话脱口而出："和未婚夫，我们很久都没用避孕套了……"

我自己也惊讶万分，但是说出去的话是收不回来的。后来我才想到，正是那些话最终把一切都化为乌有了。

他的眼睛盯着我膝盖以上的部分，像是头一回注意到似的。我感觉到他的眼光穿透了迷你裙的黑色布料，直视到我的大腿根处，那个两条大腿汇合的地方，那个他已然受邀可以长驱直入的地方……

"我们上楼吗？"稍后他说道。

我挣脱开羞愧，脸颊绯红，根本掩饰不了我的渴望。让我们尽快上楼，快点，上楼去，去极乐的天堂……

当我从浴室里出来，躺在他身旁，去掉裹住我胸部的毛巾之前,我低声对他嘟囔:"我是不是太瘦了?"

看起来他不明白我说的话,或者装作不明白。要缠绵的时候,我想起了吉卜赛女人扎拉的话,但是,尽管我特别想要告诉他,却害羞得说不出口。但是他,好像听见了那些话似的,有些惊奇地盯着我。甚至,我觉得他眼里突然闪过一道特别的光芒。激动中夹杂着喜悦,也许并不是那样,但是出于震惊,或者因为他说了"我的小可爱"这样的话,我才这么觉得。不久,我们先缠绵起来,他最初还有点拘束,后来一切都很顺畅。

回到阿尔巴尼亚之后,焦虑紧接着就缠上了我。他把我送到机场,自己继续前往布鲁塞尔,为了他的那些工作,他要在那儿呆上两个星期。

很长一段时间他都没有出现。女性的种种揣测,第一次献出自己并不惜一切想要获得更多宠爱的想法,一直不停地纠缠着我。说得上我让他喜欢到极点吗,还是我让他哪怕有过片刻的失望呢?他对我说的甜言蜜语都是真的吗?他最初的拘束,就是现代男人普遍存在的压力吗?那种压力是已经不再让他们像从前那样感到羞耻,反而觉得很时髦了吗,还是因为失望导致的呢?

唯恐那次旅行是个错误的想法时不时地刺激着我。与此同时,一种深深的叹息也刺激着我:为了改正错误,我什么不能做啊?

我觉得胸部有一种疼痛,开始很轻微,之后愈加明显,有时是在心脏这一侧,有时是在相反的另一侧,我喜欢把它当作是他留下的记号。我还从未天真到以为爱情的苦闷会真的让乳房疼痛起来。但是,我更愿意相信是爱情而不是怀孕让我感到疼痛,后者我也曾怀疑过，却并不担心，就好像是在说别人的身体。

窗前还是空荡荡的，不见他。她想过起床，洗个澡，化个妆，为清新的早晨好好打扮一番，然后倚在躺椅上等他。她用脑子做了所有这些事，但是身子却依旧没有睡够，又翻到另一侧去了。她没有睡着，却得到了某种睡眠的副产品，模模糊糊地学校旁边小巷子的景象呈现出来，一面墙上歪歪扭扭地写着"党说什么民来做，民要什么党来做"的标语，紧挨着标语的就是吉卜赛女人扎拉的平房，院子里有一棵柿子树。在漫长的假期里，多数是在下午的时候，像其他的姑娘一样，她趁没什么人注意，溜进了吉卜赛女人家破败的大门。里面一切都与众不同，炉灶里的烟灰味，墙上的照片，特别是说出来的话，与别人说的都不一样。姑娘们害羞地红着脸，问着有关爱情，即吉卜赛女人称之为"乐趣"的各种各样的事情。她从不气恼，用一种令人浑身战栗的语言，静静地作答。"乳房和屁股？大家都知道是什么让它们膨胀起来的，是乐趣。而你，觉得自己很瘦小的你，听扎拉的话。深谙此道的男人爱死了像你这样的大腿。"罗薇娜觉得她的膝盖都要断了。"你别吝啬，"那女人的话响起来，她的手指着罗薇娜的肚子底下，"大方点，总有一天大地要将它吞噬。"

那些话颠覆了她看过的电影和所有她在学校读过的书。几个星期之后，和第一回完全不同，她坚定地走过去，抱住了吉卜赛女人，凑到她耳边轻声低语："我成了……"后者满意地闭上了眼睛。然后她示意罗薇娜把头再凑过去。看来，她想让罗薇娜用其他的方式再说说发生的事。罗薇娜照做了。她用毫无掩饰的语言，甚至是所谓肮脏的、那些她从未用过的字眼，对吉卜赛女人说："我……""你就是世间的星星。"吉卜赛女人喃喃着，疲倦的眼睛睁开了，一脸的皱纹舒展了。

那是十二月的一天，吉卜赛女人被拘留之前两个月。清理卖淫的行动正在进行。除了涉嫌行为放荡的女人，同性恋、赌博者，以及教唆放纵淫乱的人也被带走了。吉卜赛女人扎拉就属于最后这一类。高中的楼道里到处都是穿着米色制服的调查员。罗薇娜惊慌之中，接受了一个她刚认识的大学生的订婚请求。她觉得这样她才会更有安全感。下午他们第一次上了床，她低声对他耳语说："我不是处女。"后者装作没有听见。

社会主义制度垮了的时候，她已经订婚了。被遗忘的东西，诸如"女士"、"小姐"、"阁下"这样的词汇，洗礼词，祈祷词，每天都在拨开迷雾重见天日。而"订婚"这种词，相反正在沦为被人淡忘的那一类。"她订婚了？"系里的女同学问，带着某种难掩的惊讶。连她自己也觉得这个词像件旧衣服，穿得越来越少，就要不再穿了。

你现在说，一切都不同以往了，她心里想。要是的确如此，什么都不再似曾相识，那么现在……现在又是什么，哦，上帝……现在好像还是一回事儿吗？

实际上，在一次招待会上她与贝斯弗尔特的相识，把她的一切全都颠覆了，这比制度的更替厉害多了。他亦没有掩饰喜欢她，邀请她共进了一次晚餐，当时在混乱的地拉那聚餐没完没了。

当他们又坐到一起的时候，话题再次回到了漂亮女人。他没有掩饰说的是我，我也没有假装不明白。我一直当自己就是漂亮女人。

他说漂亮女人，不同于美女，她们极其稀罕，我非常着迷地听着。按他的说法，她们之所以稀罕，是因为她们方方面面都与众不同。她们思考的模式不同，恋爱的方式不同，甚至连痛苦的方式也不一样，完全不一样。

我目不转睛地盯着他，直到他也一反常态，长时间地盯着我，对我说："你知道怎么痛苦。"

见鬼，我心里想，他是怎么知道的？

我一定是脸色阴沉了下来，因为他赶忙说："你不高兴了？"

"实际上，我觉得那是某种污蔑。我长得漂亮，为什么就得会痛苦，还是在一个外人看来。痛苦与我无关，是别人的事。"

像是能读得懂我脑子里极端古怪的想法，他说痛苦没什么好令人感到羞耻的。然后，他用一种我觉得冷冰冰的声音补充道，他说那些话是想要恭维我，因为他确信没有不懂得痛苦的漂亮女人。

我为自己的话感到脸红。突然我觉得自己像个白痴，但是，出于想要纠正那些话，我更加白痴地说："看来，我不是那种漂亮女人。"

他暗自好笑，来回摇着头，像是觉得误解已成，无从更改，就干脆作罢。

他沉默了一会儿，像是突然想到我比他年轻得多，与他相较起来根本没有经验，于是先说了句"对不起，我不想冒犯你的"，接着又严肃地、毫无挖苦之意地说:"痛苦,说到底,对所有人而言都是馈赠,特别是漂亮女人,她们的痛苦奢华无比。"

我很感激他缓和了气氛,微笑着对他说:"您是教导我去痛苦吗?"当时,我意味深长地望着他的眼睛,又说:"也许,没有必要……"

"我不需要什么鼓励,我会为你痛苦。"我本想说这个的,尽管话只说了一半我又咽了回去。

他垂下了眼睛,我感觉他已经从那些话里明白了我的意思:一种公开的示爱。

我们分手之前,他用一种漫不经心、近乎愉悦的语调对我说,要是我乐意,他邀请我去中欧的一座城市旅行三天。半开玩笑半认真地,我们又拿这件事调侃了一番,因为不久前在阿尔巴尼亚这种事听起来有多疯狂,现在社会制度垮台后,它就有多现实。我们分手时,他先久久地望着我的眼睛,然后对我说:"我是认真的,只是你别急着说'不'。"

我什么也没说,像犯了错似的低垂着眼睛,晚餐后的夜晚,我觉得整个世界变得朦朦胧胧的。

两个星期后,世界上看起来最不可能的事情正在发生。

那天一直雨雾弥漫。地拉那飞往维也纳的飞机像是停滞在两座城市之间。罗薇娜感到彻底麻木了……旅行看起来像是不会有终点。甚至,有一次她想起身,坐到他身旁,因为,至少要是掉下去,他们是在一起的……

后来她也是这么说这件事的。然而,实际上,在那班飞机上她始终是一个人，根本没有与贝斯弗尔特同行。事实是飞行中她太想和他在一起了，以至于慢慢地在她的记忆中形成了必要的改动，以便她能够用已经改动的旅行版本来说服自己，进而说服别人。

实际上，本质还是那样，没有变：她要去维也纳和贝斯弗尔特·Y约会，飞行中，每当飞机颠簸的时候，她就想象着自己把头靠在他的肩上。而她的身边，坐的不是贝斯弗尔特·Y，而是另外一个女人，罗薇娜参加的同一个非政府组织的干事。所以，她既没有紧急赶往"欧洲"咖啡馆从他那里取票，自然地，他也没有提议一起去旅行。相反地，事实是，她得知他在布鲁塞尔工作后，就对他说她也要去维也纳一趟，于是他说："去维也纳？"他经常路过那里。这样他们可以见见面。如此这般，两人像闹着玩似的，随随便便地，互相交换了电话号码。

在维也纳，抵达酒店之后，罗薇娜相当平静地对同行的女友说："我在这儿有个情人，一小时后他会来接我。"后者大跌眼镜。

在同行的女友眼中，她一副满不在乎的样子，已经梳妆打扮起来了。

三　同一个早晨，还是罗薇娜

她感到恐惧，像是房间里进来了一个外人。后来她的意识才清楚了。不但没有什么别人，他本人也仍然不在。她太阳穴胀胀的，这才明白那么装睡有多累人了。

他疯了，她想。

她向浴室走去，连自己也不明白为什么那么想。"疯了"一词他们互相说了太多遍，以至于听起来几乎就像是甜言蜜语。

淋浴的时候，飞溅的水流下，"一切都不同以往"的说辞，像一颗伪钻闪着光。就好像任凭水流怎么冲刷，它都会悬在那里一动不动似的。

有些东西与她之前的想法无法自然地联系起来。周围雾气蒙蒙，以至于她觉得自己有了一个发现：无论人是不是醒着，只要装睡，那重伪装就足以对一切施加影响。

看来淋浴喷头好像不听使唤。她从维也纳回来后，喷头就变成这样了。她确信她的整个身体与之前不一样了。好像苍白已经深深地渗透到了她的肌肤底下，光滑得令人心动的小乳房，好像不是这世界上的东西。她肯定从与他约会起她的小乳房膨胀了。奇妙的感觉混杂着焦虑,她担心他不再打电话来,担心他们就这样分手,她再也见不到他。她想象三月底的一个下午他打电话来,她奔去赴约,慌忙地脱掉衣服。然后他目瞪口呆,问她是不是吃了激素,而她的回答是,什么激素她也没吃。"是你,只是你。"

在他怀疑的目光下,她的话雾蒙蒙地当时就要把那道骇人的裂缝遮住。"是你,只是你。我为你忧心。我疯狂的、不理智的欲望,都是为了取悦你。我的内心在呐喊。就像在圣坛前祈祷。"

也许他会一直这样,一直麻木下去。也许,他只是不会欣喜得像他应该表现的那样。无论对她说什么庄严圣洁的溢美之词,他都显得心不在焉。

她随便搪塞过去,因为她不想刨根问底。"你让我放松一下。"其他的想法在她的脑子里时而汹涌澎湃,时而僵住不动。别人会看出那点变化吗?当然,甚至要快得多。就从她的未婚夫说起。从国外回来以后,她就没再和他一起睡了。她找来各种各样的理由推托。最终,她去见他。她问:"你觉得我变了吗?"他一边目瞪口呆地打量着她,一边战战兢兢地摸了摸。她满不在乎地回应着他。"你不觉得我可能做了整形手术吗?""我怎么会想不到呢?现在多流行啊。除此之外,我觉得没什么必要出趟国。当我看到你的胸部时,我的第一反应就是:呀,你居然是为这个去的。"

"喂喂,你怎么能那么天真呀?你没看出来没有一点刀口吗?你不想想还有什么别的原因?比如说,可能我恋爱了?"

他惊讶地注视着她,像是听到了一个极其少见的词。

她以为没有人再相信爱情了。记忆里一直杵着三四个像幽灵一样的男人。吉卜赛女人当时奉劝她，"男人之间的区别就在于：有的男人不行，而有的男人行"，所以她和这些男人都干过一两次。现在她想起了他们，想要在他们之中看看能否找出一个人来让她愿意说说自己发生的变化。第一个给她破处的男人已经坐船去了意大利。第二个，看来是入狱了，第三个当上了副总理，而最后一个是个外国使节。

贝斯弗尔特还在斯特拉斯堡。比晚上更难以忍受的是下午。她眼睛牢牢地盯着窗玻璃，问自己为何如此？为何她要不惜一切这样做呢？她是又被吉卜赛女人"大方点，总有一天大地要将它吞噬"的话鼓动了吗，还是有别的理由？有时候她觉得这是她在与世界告别。在她被关进修道院之前。

下午还是那样残酷无情。有一天下午，她去"罗格纳酒店"与那个外国使节喝了杯咖啡。他讲话，她以前听得新奇不已，现在却索然无味。她说起了在他的公寓里他们唯一的一次约会。"哦，棒极了。"他说。他重复着那些话，但是每次她听起来，不仅不感觉激动，反而心里难过。那些话已经黯然失色了。最后，他神色凝重起来，向她承认自己是"双性恋"。阿尔巴尼亚，很幸运，最近正在变化之中，现在"双性恋"不是什么可怕的事了。她觉得当时她就已经有所察觉，只是混混沌沌并不真切。他们分手的时候，他对她说，希望他们还能见面。提起"新体验"、"极好"这样的话时，他的神情又凝重起来。她点头表示同意，心里却想："再也不可能了。"

走回家的路上,她想起了吉卜赛女人的住处应该就在这附近。周围已经都是各种各样的新建筑,但是凭着院子里的柿子树,她认出了那扇破败的大门。

她满心焦虑地推了推门。她究竟放回来没有?她还怀恨在心吗?推开房门之前,她感觉到了熟悉的味道,某种稻草和烟混杂的酸味,就像从前那样。

吉卜赛女人就在里面。她满脸皱纹,眯缝着眼睛上下打量着。"扎拉妈妈,我是罗薇娜,你记得我吗?"皱纹缓缓地舒展开来。"罗薇娜……我当然记得你。我记得你们所有人。"(所有的女孩,小小的天使,我唯一的乐趣。)罗薇娜本以为她会说:所有的女孩,小娼妇,你们出卖了我。但是她既没有说前者,也没有说后者。

罗薇娜根本找不到该说的话。你在里面吃了很多苦吧?你咒骂过我们吧?也许,没有哪个女孩出卖了她,是因为天真才出了事。

此时扎拉的眼睛已经呈现出一种柔和的迹象。

"你是第一个过来的……"她只说了这些,但是听起来话里有话,"我知道,我把希望寄托在你身上。比起其他人,我对你抱有更大的希望。"

罗薇娜想跪下来,对她说声"对不起"。

她的皱纹渐渐展开了,这让她的眼睛显得像过去一样自在。哦,上帝,她终于要回来了,罗薇娜想。她正在变回曾经的样子……

"过去大家都在那里……"她低低地说道,"如今呢?你过得怎么样,妈妈的好闺女?……你过得开心吗?"

罗薇娜点头称是。"是的,扎拉妈妈,非常……而且我现在谈恋爱了。"

吉卜赛女人久久地望着她，以至于罗薇娜以为她没有听见自己的话。"我恋爱了。"她重复道。

"这是一回事儿。"吉卜赛女人还是低低地说道。

罗薇娜觉得自己离吉卜赛女人所说的奥秘更近了。有一个无眠的夜晚，贝斯弗尔特和她说起过，有几百万年时间，爱情曾经只是性欲。

看来，吉卜赛女人说话引人入胜的秘诀就在那里。她什么别的事也没做，只是带着罗薇娜去了她生活的年代。

在吉卜赛女人已然憔悴的目光下，罗薇娜全然迷糊不清，她硬生生地，像是完成一个仪式似的，先脱下了套头毛衣，再脱掉了内衣，让对方看她的阴毛。她像一支蜡烛似的直挺挺地站了好长时间，仿佛在等待一个陪审团判定她是否有罪。

暮色降临之际，她正在向家里走去，她觉得，脱衣服既是无法解释又是不能避免的举动。她就这么自自然然地脱了，好像是听从了一个神秘的命令：表表你的忠心！

隐隐约约地，她竭力想抓住什么，但是那东西又挣脱开去。看起来，那是来自茨冈人世界的另一种女性观，就像贝斯弗尔特说的那种白人已经失去几百万年的观念。它像一股不屈不挠的、至高无上的力量，根据一个秘密协议，附着在女性的身体上，固执地捍卫着自身的独立。成千上万的新法令试图摧毁它。大教堂、拘留所，全部都是严厉的条条框框。有时候罗薇娜觉得，蛰伏在洞穴里的这股力量可以把她压垮。

回到家里,她双脚就径直奔向了躺椅。她疲倦地算了算离贝斯弗尔特回来还有多少日子。

和他见面与她想过的并不相同。他看起来心烦意乱,有点儿阴郁,像是身上携带着欧洲大陆的阴云。

隐隐约约地,她感觉到了焦虑。这个她喜欢思念的人,曾经给了她自由,有可能他又想随随便便地讨回去。

你是危险的人,她想,当她在他的耳畔窃窃私语,说着想念他的甜言蜜语,说到去吉卜赛女人家探访,当然也提到了与那个外交官喝咖啡的事,她还当场给他安了"双性恋外交官"的绰号。尽管如此,那次喝咖啡还是有好处的。她得知了一个去格拉茨的奥地利奖学金项目,"双性恋外交官"告诉她,她可以申请。"这样我们在欧洲的酒店里见面是不是就更容易了?你可能去那里工作,我就去……你不高兴吗?"

"我当然高兴。谁说我不高兴了?""从你脸上看不出来。""也许,因为你说的时候,我想到了这样的事——为了一个签证或者一笔奖学金上床,对现在的姑娘来说,不是什么问题……"

她惊呆了。他摸了摸她的脸颊,像是上面有泪水。"你这么思索的时候,眼睛美极了。""哦,是吗?"她说道,不明白为什么。"我正经问问你,"他继续说,"你会这么做吗?"

天哪,上帝,她想。当场她就回答:"我不相信我会。"

他的眼睛还是一动不动地盯着她,于是她又说:"我不知道……"

他还是那么温柔地亲吻了她的头发。"贝斯弗尔特,你是不是想说什么？"他点头称是。"我不知道该不该想到什么就说什么。""为什么不呢？"罗薇娜说道。"也许平时不应该这样，但是我们是，怎么说……在恋爱的人……"

他笑出声来。"好吧，刚才你显得很诚恳，我头脑里，一会儿想着真诚装点起来的女人看上去多美啊，一会儿又反过来想：不幸的是，不真诚的女人看上去也很美啊。"

"你这么说是什么意思呀？""别皱眉啊！我是想说，不忠通常使人变得丑陋，这句话不无道理，不忠的人眼睛都透着邪恶。然而，很奇怪，不忠的女人可能特别吸引人。我们不是相爱的吗？你自己说在恋爱的时候……一切都是另一番样子。"

与一小时之前不同，他的声音显得很愉悦，她心里还是想：这个人危险。

他是那种走到悬崖边也不惧怕的人。为什么他觉得安心，而她不安心呢？这个想法令她气恼。她愤怒得想过去问问他："你怎么就那么安心呢？你为什么就认为我属于你呢？"

她感觉自己不会有那个胆量去问。她焦虑，而他不焦虑。这就是他们之间的差异。只要这一点不改变，她就会有挫败感。

当他抚摸着她的胸部，她温柔地低声细语之际，他央求她再讲讲吉卜赛女人说过的话。"我看，你很喜欢调侃她的话。""一点也不，"他答道，"倘若在这个世界上最后还有一个地方，吉卜赛人和罗姆人受人尊重，那一定就是我们那儿，欧洲委员会。"

像是害怕沉默，她一边在镜子前梳头，一边继续说着话。他立在门旁，欣赏着他已然熟悉的动作。

抹口红的时候,她回过头,突然声音异样地说起了她未婚夫的事。她去奥地利实习,自然就会离开他,然后他们再分手。

她目不转睛地望着他,像是要搞清楚他在想什么。但是他,显得小心翼翼地没有搭话,只是上前两步亲了亲她的脖子。"我们在一起会幸福的。"罗薇娜低语道。

后来,她后悔对他说了那些话。事实上,说那些话的应该是他才对。但是,她总是这样,着急忙慌的。

这一切对她有什么用处呢,她心中抱怨。她以为自己已经都忘掉了,但是没有。所有的一切都还在那里,尤其是他们每次见面最后的情形。那些本不应该发生的事突然发生了。连更正的时间都没有。他将此解释为分手前的焦虑。她根本不知道如何是好:是说得越少,越能避免误会,还是相反,都说出来,惊慌地赶忙说一通,来避免可怕的空虚呢?现在,她明白了,分手前夕才是那个致命的时刻,由它来确定到下一次见面前哪一方来忍受痛苦。

所有的一切都过去了,但是它们依旧执着地从大老远把自己的焦虑发送过来。她想说:"好了,我现在想起你们了,你们快滚吧。"

仲冬的时候,她抵达了格拉茨。二月的云倾泻下一场敌意的雨。雾色笼罩,像鬣狗似的四下监视着。那座拉斯古什·波拉戴茨①住过的房子也不在了。她以为格拉茨即使不会奉她为上宾,起

---

① Llazar Sotir Gusho(1899—1987),阿尔巴尼亚作家、诗人,笔名拉斯古什·波拉戴茨(Lasgush Poradeci)。

码得让她和贝斯弗尔特·Y平起平坐吧。情况却相反,唯有她的胸部变得更加香甜可人了。

在冬季的荒凉死寂之中,他打来的电话,在她看来就像是救星一样。他离着不远。星期六他在酒店里等她。下了火车,她应该打个车,不要考虑什么开销。

两晚的时间,她不停地说着:"我和你在一起多幸福啊。"然后她打道回府,回到冬季,回到沉闷的宿舍里。

有一小会儿工夫,她站着一动不动,让淋浴喷头对着头发冲。水哗哗地流着,却并不舒服,一会儿热,一会儿冷。也许,还是头一次,淋浴没有安神作用,反而令她心烦。突然她觉得自己找到了原因:喷头让她联想到电话。

通常打电话的时候他们就开始吵。第一次,也是最严重的一次发生在春季。在格拉茨一切都变了。头一回,她感觉到不自在。和他在一起,她就莫名其妙地生气。她觉得贝斯弗尔特妨碍她。

这是争吵过后两人通话时她说的第一句话——"你不让我活下去。""什么?"他冷冰冰地说,"我怎么妨碍你了?""就是妨碍了,"她回答,"你说你昨晚打了两次电话找我。""这怎么了?"他说道。她觉出他的声音里带着不屑,却并不气恼自己犯的错,反而嚷道:"你把我当人质。""啊哈?"他说道。"'啊哈'是什么意思?你觉得我应该候着,等着主人你随时电话召唤吗?""你不知道自己在说什么。"他打断了她的话。她震惊得耳朵轰轰作响。"你把我当作你的奴隶,你想怎样就怎样。""你不知道自己在说什么。"他又说了一遍,声音变得越来越冷酷。她感到了危险,方寸大乱。她再也控制不住嘴里的话,直到他冲她嚷:"够了!"

她并不知道他会那么冷酷无情。他说起话来冷嘲热讽:"你自己把脑袋伸过来任人驱使的,还来怪罪我!"似乎那些话还不够,电话也被挂断了。

她木然地等着他打过来。后来,她苦等无望,自己打了过去。他的电话关机了。我都干了些什么,她想。片刻过后,她心说:这太恐怖了。

整夜她都在冥思苦想为什么自己对他发怒。是因为她丢下了未婚夫,而他什么也没承诺她吗?

也许,她想。但是,她不确定。也不可能是害怕失去自由。常言道,自己把头和脚伸进来的,还能不知道怎么抽回去?这么说还太早了。

有时,她安慰自己:这个问题得冷静解决。解决的办法就是,她得努力少爱他一点。

三天后,她认输了,声音虚弱地给他打了电话。他回话很严肃,但是很平静。他们俩都没有提争吵的事。后来几个星期一直那样,偶尔打电话,说话也很谨慎,直到他们下一次见面。

在去往卢森堡的火车上,寒冷的欧洲平原一半白雪皑皑,唯独映衬出她内心的麻木。她不确定一切是否还和从前一样。电话里,他没有流露出一点蛛丝马迹。她与未婚夫相处的方式就完全不同。他们一旦和解,就会彻底敞开心扉,互相倾诉在争斗中经受的苦痛,用过的小伎俩,好像现在实现了和平,这些就不再有什么用处了。

亲爱的，为什么和你相处这么难啊？她昏昏欲睡之际心里想。

火车越向北方推进，焦虑越竭力地要征服她。但是，她体内有什么东西令焦虑退却。那是一种又奇怪又陌生的感受。她一个漂亮的年轻女子，正穿过冬季冰封的欧洲大陆，奔向她的情人，这种想法对她呈现出双重的意味。

火车抵达的时候，她还是那样，身体半边麻麻的。

他在房间里等她。他们像什么事都没有发生那样拥抱。她放下东西，在房间里转了一下，说了寥寥几句话，主要是评论了一下房间。后来说到了浴室和白色的浴袍，不知为何，她一直觉得浴袍是酒店里一件吉利的东西。

她感觉到他们的话变少了，但是她也没找别的话题。就快四点钟了。外面，冬日天正在变暗。她和往常一样说道："要我准备一下吗？"就走进了浴室。

她根本不知道自己应该在里面呆多久。她时而觉得快一点好，时而觉得慢一点好。

终于，在赤裸的身体上，她裹上浴袍，走了出来。

他等待着她。

她低着头，朝床走去，几步的路，她却觉得不像是她走的。旅途中那种陌生的感受一直挥之不去，其中还混杂着另一种想法，她觉得自己不是情人，而是正要和丈夫上床的妻子。

不知为何，她竭力抑制住呻吟，她几乎做到了。只是结束之后，她附在他耳边低声说："太棒了。"他一直也都那么觉得。但是，他没有吐露心声。半夜里他就是这样，甚至第二天分手前他还是如此，于是她不再期待了。乘火车离开的时候，在同一片平原上，在撕裂了半边的雪面具根本无法覆盖的平原上，她的内心像两天前一样痛楚。但那痛楚像是太难以抵挡，以至于不知道是否还能称之为痛楚。

伤心之际，一种想法——贝斯弗尔特·Y在任何情况下都是危险的，还纠缠着她。和他相处很困难，但没有他是不可能的。

与前未婚夫争吵，不需要多久就能恢复正常，而和贝斯弗尔特，回到常态却花了好几个月。时不时她自问，她追求自由是不是已经到了痴迷的地步？社会制度垮台后，在阿尔巴尼亚什么东西都变得很极端：金钱、奢华、女同性恋团体。大家都在争相弥补失去的时光。一天下午在咖啡馆，一个女演员迷离的目光把她完全弄晕了。从贝斯弗尔特听到她描述的情形看，她显然已经隐约察觉到了什么。

于是，一切也就与之前不再一样了，她心里想。只是她没有像他那样，大喊大叫地公开说出来。

实际上，从来就没有任何东西是与以往相同的，她想。

她回忆起自己的第一次背叛，只有在阿尔巴尼亚语中可以称之为背叛，里面乱糟糟地充斥着所有的急促、报复，却没有懊悔。他们在音乐声和带着口音的德语中接吻。她的同伴大胆地揽住了她，她也搂住了同伴。他们在房间里脱去衣服，用上安全套，他说话总带着口音：Ich hatte noch nie schöneren Sex。（我从未享受过更美妙的性爱。）

哦，你喜欢这样啊，她心里想。

实际上，卢森堡会面一年后，她告诉过他，在她动摇的那个春天里发生过什么事。在宿舍举行的生日小聚会上，她搂着一个实习的同学跳舞。两人接吻之后，那人把手随意地放在她的肚子上，耳语道："我们上我房间吧。"她就跟着走了，一句话也没说。贝斯弗尔特直到第二天才知道发生了什么，当时几乎一半的学生都呆在一家午夜酒吧里，罗薇娜很惊讶一件小小的风流韵事就这么被编派了出来。显然，他们都知道了，阿尔巴尼亚美女终究还是和他们的斯洛伐克同学睡了，他们正要对他俩特别关照，照顾他俩挨着坐，遇事都把他俩当成一对儿来看。她觉得搞笑的是，订婚的事还缠着她没解决，但这并不烦人。有人说，听最新的消息，阿尔巴尼亚发生了骚乱，但是她一无所知。

　　"后来发生的事，你知道得和我一样清楚。"罗薇娜说过。事实上，贝斯弗尔特知道的一点也不准确。不准确是从午夜酒吧里罗薇娜和那个斯洛伐克人被当成一对儿的时候开始的。她喜欢他，甚至是非常喜欢他。他很可爱，有一种别样的味道，是她非常渴望的。有人又说起阿尔巴尼亚局势动荡。而她还是一无所知。

　　午夜两点，他们乱哄哄地往外走，还约好第二天在同一个酒吧碰面。早上十点，电话铃声似乎撕裂了一切，包括她的睡眠。是贝斯弗尔特。晚上他找过她好几次。争吵，说"你不让我活下去"之类的话，这些招儿以前都用过了。他人在维也纳，在欧安组织开会。她可能已经听说了，阿尔巴尼亚的局势不容乐观。晚上他有空。头一次她犹豫了。"你怎么不早跟我说？"她很难过去……讨论会……教授……"随便你。"他冷冰冰的声音激起了她熟悉的焦虑。"等一下,你不能过来吗?""我不知道。"他回答。他要看情况再打电话过来。

他的电话迟迟没有打来。手机也没人接听。他肯定是在惩罚她的犹豫。暴君,她心里对他说道,随后对自己说:你干的好事。为了区区一个午夜酒吧,她差点把一切搞砸了。似乎在格拉茨那么多令人郁闷的夜里,她都没有流连于酒吧,偏偏在他需要她的时候,她却沉浸在寻常的嬉笑玩乐之中。

终于,电话响了。是双倍的大胜利:他要过来。他们说了酒店的地址,见面的时间。

快步走在冻得硬邦邦的路上,她有一种微醉的感觉。大家在午夜酒吧聚会的事情引发的某种刺痛令她更加愉悦。甚至就连她有过的犹豫现在看起来也是好兆头。一年半过去了,她第一次真切地感到,即使她不是高高在上,也应该与贝斯弗尔特·Y平起平坐了。显然,她被他奴役的那回事儿,理所当然地,正在纠正过来。

通往他房间的长长的走廊上铺着奢华的地毯,这并不曾令她忐忑不安,而他脸上的表情,说来奇怪,却扰乱了这份淡定。

他本该略显疲倦的脸呈现出了相反的东西。双眼带着一种空虚,眼神里还透着一点非人的感觉,显然,这才是原因所在。

他们在躺椅上半拥着坐了一会儿。为什么他不怀疑呢?她心里暗想。为什么他依旧觉得我属于他呢?

他眼睛里的那点空虚令她惴惴不安。

在浴室里,梳洗停当时,她发现大腿根处有一块深色的伤痕,是斯洛伐克人咬过的痕迹。

她心里想让他发现这道伤痕。事到如今，你相信我不属于你了吧？太疯狂了，她想。从关着的浴室门外传来了电话铃声。

她走出浴室的时候，他仍然在打电话。

"出什么事了？"她躺到他身边，问道。

他摸了摸她，没有回答。他们几乎是默默地做了爱。在餐厅里，当她翻开昂贵的菜单时，想起此时此刻，大家正聚在午夜酒吧里。他们会久久地盯着她的空位，却根本想不出她没有来的原因。就算他们可能知道原因，也根本不会明白真相。他们会认为，她按照世俗常理，丢下了富有艺术气息却得共同分担比萨饼钱的穷学生，投入了有钱有势男人的怀抱。

他们爱怎么看就怎么看吧，她想。红红的葡萄酒，配着她握着酒杯的手指上樱桃红的指甲油，使她陷入了以往那种微微的迷醉之中，那是一种她非常喜欢的在做爱之前才有的感觉。饭后，他们去午夜酒吧坐了一小会儿。"别再想了。"她一边抚摸着他的手，一边对他说。当他问她别想什么时，她接着说："你知道是指什么，那里，那些坏消息。"

午夜过后，电话铃又响了。太可怕了，她抱怨道。根本不用问，她也知道是几点钟。午夜两点。"你脑子清醒吗？"他说。是他正在说话。"这个时间打电话的人脑子能是清醒的吗？"她把头埋进枕头里，却无济于事。一切听得清清楚楚。他继续用英语回答着："我想那是一次共产党的起义……是的，我敢肯定……用武力重新掌权……毫无疑问，太可怕了……"

虽然她很烦躁，但还是好奇地听着。他的话她一知半解……"唯一的解决方法是干预……马上干预……会被当成是侵略吗？……谁会那么看？……啊哈……起初可能会，但是现在别无……"

他撂下电话的时候，她撑着胳膊肘坐了起来。"从布鲁塞尔打来的？"她问。他说："是的。"随后他又说："阿尔巴尼亚政变了。"

"我猜到了。"一时间只听得见两人的呼吸声。"你是支持军事干预的？"他点头称是，说："我想我没有做错。""在以前这就叫叛国。"她说。"在学校里，就是这么说的。""我知道。"

她轻轻地摸了摸他的头发。"放心，亲爱的。两点都过了。"

现在的午夜酒吧，人们一定在互道"晚安"。可能他们有过这样那样的猜测，但是无论如何他们也想不到，她和一个男人上了床，这个男人刚刚在电话里说到的事情明天将会遍布各家报纸的头版。

明天，也许，连她自己都会觉得不太可信……把贫穷的比萨饼换成奢华的生活说起来容易，做起来却是另一回事儿。他把她变得复杂了，变成了她青少年时梦想过的那种充满神秘感的漂亮女人。

一种很少感受过的疲乏缠绕住了她的身体。她温柔地搂着他，在他耳边低声甜言蜜语。让他别再想了吧。她有种预感，一切都会好起来的。谁都不会把这当成侵略的。有她为他赴汤蹈火。来吧，亲爱的。

一做完爱，他并不是她丈夫的刺痛感，像打闪时才迸射出的火星一样，清清楚楚地裸露出来，少有地席卷了她的全身。睡意渐浓，当时坠入万劫不复深渊的感觉才减轻了，因为在她看来，无论法律上怎么说，也许他事实上就是她的丈夫，这个想法很合理。

吃过早饭，她对他说要去讨论会上转一转，尽快回来。

昨晚你去哪儿了，我们到处找你，等着你，这些问题比她想过的更加烦人。"至少，你可以告知一下的。"斯洛伐克人说道。"我没办法。"这是她的回答，"有人突然从阿尔巴尼亚来了。那里发生了政变。""啊哈，"他接着说，"你还会为这种事烦心呢。""当然。"他耸了耸肩：斯洛伐克，自从他离开后，就不再关心了。甚至连国名他也不想听到。

她知道。许多阿尔巴尼亚人那么说。

一个小时以后，她几乎是飞奔回酒店的，三月的风顾自吹得她眼泪直流。两位前台女服务员的目光看起来不同寻常。其中一个递给她一个小信封。"我亲爱的宝贝，我得马上走了。你猜得出是什么原因。吻你，贝。"

终于她泪流如注。

像是猛然发现了能够关上记忆闸门的开关，罗薇娜果断地一抬手，切断了水流。

她还是觉得寂静无声更加糟糕。她确定他还没有回去。竭力要用什么东西填补那种空虚感，于是她抄起了电吹风。摆脱了哗哗的流水声，她又置身于空气的疯狂漩涡之中，这旋风，比任何东西都更衬托出她的气愤。

毕竟你得告诉我什么与以往不同了，她愤愤地想。

他们在一起这么多年，她从未对他说过那些话。即使在他做过海牙的噩梦，即将迎来大审判的时候。甚至在最糟糕的暴风雨里，即她和露露交往的那段时间,她也没有说过。

那整个冬天,精神科医生冷冰冰的双眼时而从镜子的右边,时而从左边出现在她的面前。"小姐,您的危机,虽然很罕见,但是也很有名。您正在完成一次跨越,一场转变。虽然你有以往的经验,以为这一次也可以没有痛苦地达成。但是您忘了对人而言,即使是换个住处也是很大的变动,何况您眼下经历的事情。这就好比是人要移居到另一个星球上去。"

从医生那里离开后,一路上,她还没有到家,就把半肚子的气都撒在了电话上。"我现在已经变了,你明白么?对我而言你不再是那个曾经的你了。你不再是我的主人了,你明白么?甚至你也没有我之前想得那么可怕了。"

一切都不同以往了……贝斯弗尔特说的伤人至深的那些话,竟然是罗薇娜曾经先对他说过的。现在,也许,该轮到他说了。

那么,你报复吧,你还等什么呢。震耳欲聋的声音令她无法清楚地思考。尽管如此,她想得出来,也许他并不是那种用同样方式报复的人。

只要他还没有转变过来,她想。据说欧洲委员会可是同性恋云集哦。

关上电吹风比关上淋浴喷头陷入的寂静要强上两倍。

只要……莫非……他也……同时……转变了……

最后的话说得很慢,就像暴风雨停歇后飘下的落叶。

寂静之中,她又感到自己无人庇佑。但是她的眼睛此时望向了镜子下方的化妆品。她最先伸手拿起了口红,凑到嘴上,但是,慌忙之下，口红涂歪了。像是被口红印刺激到了，她不但没有更仔细，反而越涂越糟。

我也可以像个杀手的……她心里想……就像你那样……我的主人。

开门的声响让她吃了一惊。心里喊道"他回来了"，当时她气就消了一半。

急急忙忙地，像要毁掉痕迹似的，她擦起了脸上的口红印。

开始上睫毛膏的时候，她多少平静了些。像往常一样，化妆的程序，还是比其他一切东西都更能让她理清思绪。

她觉得她可以笑一笑的，但是她的脸仍然不听使唤。

她打扮得越漂亮，就越容易揭开他的秘密，这个念头使她安心下来。谁脸上戴着面具，谁就比对方有优势。

四　同一天，两人一起

就像她期待的那样，他看到她的时候流露出兴奋的神情。"现在我明白你为什么晚到这么久了。"

"你等我很久了吗？"

他看了看表。"大概二十分钟。"

"哦，真的吗？"

他在下面喝了一杯咖啡，然后上楼，但是她在洗澡。"阳台上漂亮极了。可是你怎么了？"

她抬手摸了摸脸颊。"我不知道，我怎么想起了……"不知道怎么的，她想起了一个吉卜赛老妇人。他不记得了吗？以前她和他说起过那个人。"那个因为我们而被拘留的吉卜赛女人。"

他当然记得。也许他感到自己也有错。他向她许诺过要为那个人做点什么的。她这类情况可以得到补偿、特殊退休金的。"你告诉我她的名字和地址。这一回我不会忘的。"

"要是她还活着，"罗薇娜说，"她叫扎拉·居贝丽。"她还知道扎拉家的那条路叫希姆·科利路，只是门牌号她记不得了，只知道院子里有一棵柿子树。

她看着他把这些都记下来,眼泪又差点掉了下来。

早饭后,他们出去散步。他们几乎每回都找一家适合的咖啡馆。在维也纳找咖啡馆比任何地方都容易。

在大教堂边上,旧式的四轮马车照例等着路过的游客。七年前他们也坐过一次这样的马车。那是仲冬时节。薄薄的雪下,雕像都透着一种羞怯的亲近感。她觉得自己从未见过那么起名字的酒店和街道,名字里都带有"王子"或"皇冠"这样的字眼。她最后一次希望他能想到结婚。但是没有,他说的却是哈布斯堡人怎么覆灭的,哈布斯堡王朝怎么成为唯一没有遭遇太多血腥就垮掉的王朝的。

在咖啡馆里,他们俩端详着对方的手指,都陷入了沉思。她戒指上小小的红宝石仿佛在霜冻中闪着寒光。

不知为何,他想起来最近地拉那市选举的海报和广场饭店。在那个饭店里,一位阿尔布莱什[①]神父突然演唱了歌曲:"就在村子的小溪旁,最后的乔治被杀了。"

他本想告诉她这些事,包括令他震惊的竞选人的相互谩骂,他尤其想和她说说那个不知名的村民乔治,歌曲里唱的好像是历史上某个朝代的乔治三世,或是乔治十四世,但是当时他觉得,海报和醉酒的神父,就像他大多数的回忆一样,彼此怎么都联系不起来,而且,在她的脸上,之前不时闪光的东西突然笼罩上了一层淡淡的

---

① 指中世纪移居到意大利南部、希腊和达尔马提亚地区的阿尔巴尼亚人。

忧伤。那个与斯大林有关的梦,他也没有时间告诉她了。

她不再掩饰她心态的突然变化。他们在一起九年了。她把一切都给了这个人。所以,就凭这个,他也没有任何权利让她太遭罪。尤其是他没有权利拿模棱两可的话来折磨她。

他明白在这种时候问"你怎么了"是最不合适的,但是他的话还是脱口而出。

她惨淡地一笑。那个问题他最好问问他自己。他对她说过一切都不同以往了,她有权利知道这是什么意思。为此她整整等了一个晚上。

他咬了咬下嘴唇。罗薇娜一直盯着他。

"你说得对,"他说,"但是,相信我,我不是随随便便这么说的。"

一时间,一切又陷入了僵局。

你别说了,她想呐喊,但是嘴却不听使唤,说出了相反的话。

"你有别人了?"

哦,上帝,他当时想。那些老掉牙的话,从古墓里搬出来的吧?过去一直这么用的可不是她,而是他。

他也想起了那些话。甚至,它们赤裸裸地就像市里选举的海报,贴在邮局大楼旁边破破烂烂的电话亭上,还带着脏兮兮的雨水和她的沉默。

他们一直用着同样的词,就好像他们没权利用别的词似的。

"我有别人了?"他说,"好吧,我现在回答你:我没有。"

她觉得压力突然间减轻了,于是她闭上了眼睛。她想把头靠在他的肩上。他的话像是透过一层平和的薄雾传过来。那边没有别的女人。有的是别的东西。像是为了更好地领会内涵，她把他的话翻成了德语："Es ist anders."①

想什么就是什么吧，她想。只要不是女人。

"问题更复杂。"他接着说。

"你不再像以前一样爱我了吗？你对我厌倦了吗？"

"这不是我的问题。而是我们两个人的问题。"它与自由有关，是她时常抱怨的那个东西……这次他决定告诉她，虽然现在他觉得还说不清楚。里面缺了什么。缺了很多东西。下次也许他可以说清楚。要是不行，他会试着写信来解释。

"也许这不是真相？也许是你自己那么觉得？就像我也曾那么觉得似的？"

"你曾经怎么觉得了？"

"啊，就是事物不再是从前的样子。我是说，有些东西不是曾经的样子，于是你就觉得一切都不再是那样了？"

"不。"他回答。

他的声音像在教堂尖顶里回荡似的，显得响亮了好几倍。

有一刻她觉得自己明白了他说的意思，但一瞬间她又迷惑了。难道连他也和她一样，感觉到自己被束缚住了，想要挣脱？是她曾经对着他吼叫：暴君，奴隶主，而那时的他自己，一直默默地，用牙咬着奴役的锁链。

---

① 德文，是别的东西。

她感觉自己总是晚一步。

她累了。他头也有点疼。街道上的酒店大门和商店门上的招牌已然亮了起来，给人一种像钻石般夺目的挑衅意味。

他不去想和斯大林共进的午餐，而是回忆起了她的第一封信。冬天结了冰，气温降至零下的地拉那，终于有了一派肃穆景象。她这样对他写道。而肚子底下的状况，由于他的关心，反倒灾难降临般地漆黑一片。

他回忆起了那封信的其他部分，她说起了自己的等待，说起她去吉卜赛女人那儿喝过一杯咖啡，对方说过一些不能对他写的话，还再次提到这一切发生的时候气温已是零下。

他们几乎回忆起了整封信，脸上带着惨淡的笑容，像冬日的阳光。从布鲁塞尔他给她写了回信，信中说：在那个季节，从欧洲大陆最遥远的地方——西巴尔干，从迫不及待地想要加入欧洲的地方寄来北方的信，无疑是最美的。

后来，他们约会的时候，他迫不及待地想听吉卜赛女人说的话。他认为，她的话包含着另一种欲望，那欲望来自一个黑暗而特别特别漫长的年代。

她想要哭出来。当他们回忆情书的时候，这不是好征兆。

他想在做爱前，躺在床上听吉卜赛女人的话。她低声地对他讲着，像是在低声地祈祷。当时，他想问吉卜赛女人是否要求看看她肚子底下，她回答说没有必要，她自己已经展示过了，她自己也不知道为什么，回回都那么自觉……哦，不，她看起来不是同性恋。或者，更确切地说，在她那个浊湿的地方，女同性恋的意识可能已经和其他的东西交融在一起了……"你真的很神奇……"

午饭后，两人都觉得需要休息一下。他们再出门的时候，已近黄昏。酒店大门上的皇冠标志，虽然疲态尽显，但还是杵在那里，而其他国家的皇冠都已经恐怖地被毁掉了。

他们又来到了步行街尽头的圣斯蒂芬大教堂底下。由于是黄昏，大教堂的玻璃像是在试戴各种面具，变换着影像。看起来像垂死之人，时而苏醒过来，时而又昏死过去。

他俯在她的肩膀上，正对她说着情话。她几乎不相信自己的耳朵。情话变得越来越稀罕已经有段时间了，起初是他不说了，后来她也不说了。

就像一首被遗忘的歌曲，虽然又被回想了起来，但听起来似乎并不真实。"如今我们彼此厌倦了对方。"他用更加温柔的声音说。令人惊讶的是，那些话并没有令她感到害怕，虽然它们应该是令人恐惧的。就连其中"结婚"一词也是如此，像一场梦一样不真实。七年前，当他们第一次来到这里的时候，她就徒劳地期待过那句话。现在它姗姗来迟了，还不知足，还要不断地耍花样。"你愿意做我的前妻吗？"

她本想打断他：这是什么疯话？但是她觉得等待更为合理一些。他不是第一次令人费解了。甚至，有一次在电话里争吵的时候，她就对他那么说过："你叫我去看精神病医生，但你比我更有必要去看看。"

"我当你的前妻？"最终她还是打断了他，"你是这么说的，还是我耳朵听错了？"

他轻轻地吻了她。她不应该误会他的。这番话与他们过去的交谈有关。

啊哈，瞧，这就是我们说的那次交谈。

他的声音嘟嘟囔囔的，就像他们第一次接吻之前那样。她必须尽力才能听得懂。他们的爱情即使没有结束，也正在接近尾声。大多数的误解，甚至人与人之间大多数的悲欢离合，都恰恰源于他们不愿意接受这个期限。人人分得清白天与黑夜，分得清夏天与冬天，但是面对爱情的终结，他们都视而不见。于是，他们盲目地抗拒着它的到来。

"你想要分手？为什么你拐弯抹角的呢？"

在他看来，她讲话一直规规矩矩的，遵循着世间的常理。换句话说，就是庸人的逻辑。遗憾的是，世上所有常人的想法，虽然它们占统治地位，而且执意要披上法则的外衣，却终归出身平庸。他想要脱离出来，找到一道裂隙，找到另外一条出路。

罗薇娜不再试图去理解他了。她想，也许这么说他感觉轻松。在他看来，他们俩此时此刻正处在一个过渡阶段。之后，爱情最后的光芒，就会像日光一样消逝。然后负阶段开始。这个阶段有另外的规则，但是人们并不愿意接受。他们与之对抗，忍受折磨，相互攻击，直到有一天，他们可怕地意识到爱情已经化为了灰烬。

说吧，她想。别中断头绪。

当然，太迟了。那正是他想要避免的。他们要避免踏入那个黄昏般混沌的区域。他们要寻找另外一个依旧有光线的地方。俄耳甫斯下地狱去救欧律狄刻，也许应该有其他的解释。死去的不是欧律狄刻，而是爱情。而一心想要挽回爱情的俄耳甫斯，看来在什么地方犯了一个错误。也许他太过心急，才再次失去了爱情。

但是你亲口对我说过爱情自身也有问题，她想。很久以前他对她这么说过："世间有两样东西的存在令人质疑：爱情和上帝。还有第三样东西——死亡，众所周知，人只能从别人身上看到它。"

两年前，她与露露的事闹得最凶的时候，他就对她说过，他已经原谅了她所有伤人的话，因为他认为她疯了。她现在要做同样的事。他看上去很疲惫，而且显然，他的脾气也好不到哪儿去。

酒店里，晚餐后，他眼睛满是怀疑地盯着前台的服务员，问了句："是否有给我的消息？"

"你等哪儿来的消息？"她问。

他凄然一笑。

"我等一张传票。一张法庭的传票。"

"啊，真的吗？"她说着，一边竭力保持着一贯的调侃语调。

"我没有开玩笑。我真的在等法庭的传票。也许是对我最终的审判……"

在电梯的镜子里，她根本看不到他的眼睛。

"他们最终会找到我的。"他低声说。

"你累了，贝斯弗尔特，"她说着，一边把头倚在他的肩上，"我亲爱的，你需要休息。"

在床上，她竭尽温柔。她对他低低地柔声絮语，一些话带着双重的意味，是他在做爱前喜欢听到的，然后，等他在身旁倒下来，她才非常小声地问道："你的前妻……怎么样？"

他用喘息的终结当作对她的回答。

棒极了,她对自己重复道。

和丽莎的事情过后,他越发觉得,他们约会的调调变得特别不寻常了。他明白出事了,但是他并不知道更多的东西,更谈不上知道他们之间还有一个女人。

在台灯微弱的光线下,她的脸时不时地又像过去一样,显得陌生而不可捉摸。在她看来,盼望再体验一次那种感觉,就像期待再做一场无法形容的美梦一样。显然从那些梦里,偶然地折射出其他的世界,温柔得多的世界,在人的一生中仅有一次机会。

看来,丽莎曾经是过渡区的一部分,过渡区对形成那个陌生的区域来说是必不可少的。

当他问起丽莎的事情,罗薇娜说:"你想到什么了?"

他努力笑了笑,然后说"也没什么",但是她不再笑了。"你总是对我遮遮掩掩的,"她声音疲惫地说,"你不觉得太过分了吗?"

"有可能。但是,我不觉得我有错。"

他对她说他不觉得自己有错,因为他知道,一个男人无论他多会隐藏,或是多会伪装,与女人相比,他都永远是个外行。

"你们,也就是你,不管愿不愿意,隐藏是你的本性。"他一边对她低语,一边摸着她的肚子底下。"任何人,甚至连女人自己,也从来没有见过隐藏在那条无言裂隙中的东西。唯有吉卜赛女人的眼睛能看到它。"

她听着听着,突然想起了学校的女厕所,在里面乱写着"罗薇娜,我爱死你的私……"她万分震惊地走回教室,一点也想不出来哪个女孩会这么做。她一会儿觉得是这个,一会儿又觉得是那个。每次怀疑之后都会出现同一个疑问。人家怎么看到她的私处的?除了她的母亲,没有人碰过它,甚至看都没看过。下一个课间时,她又奔去厕所,但是乱写的字不见了。门被胡乱地刷过,还用图钉摁上了一张小纸条:"小心油漆!"

"我相信你并不认为我故作神秘。"他一边说着,一边抚摸着她的头发。她吻了他的手。哦,不。他不需要故作,他就是很神秘。

隐藏在油漆下面,乱写的字显得又危险了好几倍。她回到教室里,感觉膝盖都要断掉了。

他向她保证说这种迷茫会过去的,下一次见面的时候,一切都会变得清清楚楚。

"你把一切都推到下一次。"她对他抱怨道,"你真的在等法庭的传票吗?真的一切都不同以往了吗?至少,这些事情你告诉我吧。"

他没有马上回答。他摸了摸她的头发,其中一缕垂在眼前,就像一束纱巾。后来,他清清楚楚地对她说,事实的确如此。

五 三十三个星期前，贝斯弗尔特·Y眼里的丽莎

所有的资料都表明事故发生前的第三十三个星期，贝斯弗尔特·Y在地拉那。二月夜里的狂风暴雨看起来似乎把首都折腾了个筋疲力尽。少见的豪华摩天大楼乱糟糟地相互反着光。走在曾经被禁入的街区，贝斯弗尔特·Y没想好进哪一家咖啡馆，透过这些大楼的玻璃，他觉得瞬间感受到了这座城市所有的怨恨和被扼杀的意识，就像每天早上各家报纸呈现的那样。法律诉讼、积怨、债务和未报的血仇，所有的一切都蛰伏在那里，等待着自己的出头之日。

他犹犹豫豫地在"曼哈顿"咖啡馆门口停下了脚步，然后又向前走了一点，到了它的隔壁，最后才不假思索地走进了"天空塔"①。

在十六层封闭式的天台上，景色像是一年四季都很美。从高处俯视，记者的猜测显得也更加可信。"天空塔"本身的最后四层，以及他落座的咖啡馆，在和国家闹官司。这栋摩天大楼建在另一栋摩天大楼的废址之上，而那栋大楼，包括地基和土地，与土地所有者、市政府以及瑞士使馆还在打官司，因为那栋楼离瑞士使馆太近了。后来，因为其他的原因，一座雕像又成了争吵的焦点。原因与

历史符号有关，甚至间接地涉及了文明的冲突，一直扯到了纽约双子塔的倒塌。

贝斯弗尔特·Y不禁叹了一口气。就在此时，他才发现邻桌时而说着阿尔巴尼亚语，时而说着德语。

"阿尔巴尼亚令人厌倦。"他一个一九九〇年去了比利时的朋友对他说过。"它令人绝望，"他后来又补充道，"令人筋疲力尽，但你根本无法逃避它。"

他们俩的看法相同。你越是骂它，它越是死死地缠着你。"这就好像妓女的爱情。"他的朋友说过。

罗薇娜又来到了格拉茨。她已经第三次延长停留的时间了。"为了你。"她在电话里对他说。

他用余光望了望邻桌。有可能其中一个外国人就是那个"双性恋外交官"。他胡子的形状令贝斯弗尔特确信他再没与罗薇娜睡过觉，可是他太阳穴处浅红色的鬈发又给人相反的感觉。我的小可爱，他心里想。她是怎么忍受这一切的？

一股思念之情静静地波及他的全身。他终究还是得给她写信，上一次约会的时候他答应过的。

邻桌动了动，他们都把头往玻璃窗那边探去，于是他也把头转了过去。林荫大道上车流双向都被截断了。有人用手指着"特雷莎修女"广场上黑压压的人群。

---

① 当时阿尔巴尼亚首都地拉那市中心为数不多的一栋高层建筑，内有酒店、旋转餐厅等设施。

"又是示威游行,"正在撤烟灰缸的服务员对他说,"他们要求返还财产。"

人群上方的标语牌晃来晃去,但是依旧看不清上面写的字。

总理府的大楼前,第二排戴着头盔的警察正急急忙忙在列队。

贝斯弗尔特点了第二杯咖啡。

无论如何,他都不应该再拖着不写信了,他想。一封信加上两三次电话可以卸下她一半的压力。丽莎的名字,她在维也纳的时候经常提起,倒是一只合适的钩子,可以把他们中断的谈话再勾连起来。

"他们不是先前的所有者,"服务员放咖啡杯的时候说,"他们是对政府有意见的恰梅人①。"

"和哪个政府?"贝斯弗尔特问,"是阿尔巴尼亚政府还是希腊政府?"

服务员耸了耸肩。

"也许两个都有。每当双方达成协议的时候,他们就上街游行。"

示威游行队伍还是太远了,看不清标语牌。

丽莎不只是钩子,他想。也许,她才是解释清楚正在发生的事情的关键。要不然,在维也纳,他们俩不会在忘了那么长时间之后,又想起她来。

---

① 生活在恰梅里地区(即希腊所称的伊庇鲁斯地区)的阿尔巴尼亚族人。该地区地处阿尔巴尼亚与希腊交界处的爱奥尼亚海东岸,一战后北部为阿尔巴尼亚领土,南部为希腊领土,但两国在该问题上有争议。

两年前，那次大吵之后，他突然发现与一个失而复得的女人做爱特别有味道。一种爱情初始的混杂感，即当时正在走向终结的爱情又重新回到了最初的阶段。她是她，她又不是她。她是你的，她又不是你的。她是陌生的，虽然每一个细节你都触摸过。她人在那里，又似乎在别处。不忠实的一种忠实，转瞬即逝，就好像你与似有若无的彩虹上了床。

从上次约会起，他脑子里就一直想着所有与那种感觉有关联的东西。复活的梦，毫无疑问，与之有关。这就好像重新认识的主题，学生时代在大学里，他只是简单地把它们当作民间文学来看待，现在它们的神秘感令他吃惊。新郎在婚床上，从一个胎记认出新娘是他的姐妹。或者反之，新娘认出了新郎是她的兄弟。流亡归来的父亲把儿子当成仇人，或者把仇人当成了儿子，如此种种。所有的乱伦故事，有人认为它们是不真实的，但是更多的人觉得有可能是真的。迷雾遮蔽了血亲之间违反禁忌的行为和混沌不清的欲望，出于羞耻和恐惧，它们以传说的方式被呈现出来。

"你不再是我的主人。你的暴政结束了。你的恐怖。我受够了。"

贝斯弗尔特扭头望着玻璃窗，仿佛两年前罗薇娜在电话里的声音，由于抽泣而变调的声音，现在从外面传了进来。

示威游行的人群已经离总理府大楼很近了，呼喊声听得清清楚楚。

"他们不是先前的财产所有者，也不是恰梅人。"服务员也凑上来说道。

标语牌上的字以紫罗兰色为主。

"我觉得他们是'同志',"邻桌有人说,"也就是现在被称作'男同性恋'和'女同性恋'的人。"

电话里,罗薇娜的声音再也认不出来了。他惊呆了,不知道对她说什么好。"你冷静一下,听我说。"对于他的介入她的回答是:"我冷静不下来,我不听你说。"最后他生气地挂断了电话。但是她马上打了过来。"别挂电话,你一贯如此。你不再是……""够了!"他喊起来,"你脑子不正常。""是吗?"她说道,"你真的那么看我?现在,你听着,做好准备,听特别严重的话。"

"对我而言,你不再是曾经的你了。我爱上别人了。"

在突兀的死寂与震耳欲聋的喧嚣之间,他等来了那些话。奇怪的是,电话线的另一头还传来了别的东西。

"你毁了我的性欲。"

"什么?"他说道。

她精神上有问题,这种想法突然间压倒了一切。他觉得她一切的言语和辱骂,甚至连可能存在的不忠都毫无意义。他竭力对她好点。"罗薇娜,宝贝,你冷静,显然,这是我的错,毫无疑问,是我的错,都是我的错,你在听我说吗?""不,我没听你说。我也不想听。别以为你像看起来那么令人恐惧。""当然我不是,我也不想显得那副样子。""哦,真的吗?""你怀疑我口是心非吗?你怀疑我会羡慕那些脸上涂着令人惧怕的文身的美洲印第安人吗?"奇怪,她笑了,甚至,他以为他听到了淹没在笑声之中的"宝贝"一词,就像每当她喜欢他某句逗趣的话时那样。但是她仅仅平静了一小会儿。马上，她的声音又变回了先前的样子，他想：哦，上帝，她状态真的不好。

第二天，电话里她虽然疲惫，却显得安静多了。她去看过医生了……医生小心翼翼地想要了解点情况。我和爱人吵架了，这是她的解释。医生给了她镇静剂，毫无疑问，还有一些劝告。主要是：让她与麻烦的根源切断一切联系。也就是说，和他分开。他俩沉默了许久。"你一定会问那个老问题，我们之间就没有什么别人吗？""不。"他回答道。"虽然你嘴上说'不'，但是你脑子里还想着呢。因为你还是不明白，我不再是你的奴隶了。"他让她说了个痛快。她觉得，他曾经是她的主子，把她敞开的窗户都给关上了，不给她留一丝一毫的自由。就像任何暴君一样，他想要完完全全地把她据为己有。他逼得她去看精神科医生。他把她变成了废人，毁掉了她的性欲。

这里他打断了她，他想说事情正好相反，他……更确切地说，是他俩，一起把他们的性生活琢磨得比谁都详细，她自己也不停地说过好几遍，但是她却嚷道：事情本不应该这样的。他违背了她的本性，亵渎了她的灵魂……"这是你的那个德国医生给你讲的鬼话？"他打断了她。"正是。"她回答。

在他的脑子里，她的胸、她的侮辱和他再也看不到的痛苦一闪而过，这些突然让他的言辞变得平和下来。他想让她静一静，只是有一件事她必须明白，他并不是她所说的那个样子。他曾经是她的解放者，但是这个世界上解放者被污蔑为暴君并不是头一回。就像暴君也可以被当成解放者。

这些大概就是他最后说的话。三个星期以后她的电话就像是透过一层迷雾打过来的。她的声音变了。他们谁也没有提起争吵。她对他说她去过伦敦，和整个讨论班一起去访问。她还运动了一下，主要是游泳，像是什么事都没有发生过。只是当她询问"我们要见面吗"，沉默才出现了。"你怎么想的？"他问。回答出人意料："我不知道。"

他不禁对她嚷道："既然这样，见鬼！你打什么电话？你何必问'我们要见面吗'？"

"听着，"她接着说，"我想跟以前一样和你见面，但是我不想欺骗你……这段时间发生了点事……"

瞧瞧，原来是这么回事。在长时间的沉默中，显然她一直等着他提问，他提问的时机终于到了。他们之间有别人吗？他沉默着。他在不该问的时候问了那个问题，现在该问的时候到了，他却不问了。婊子，他心里骂道。非政府组织里拿着国际奖学金的荡妇。而他大声说出来的却是："我不想知道。"

她也迟迟才答话。也许她还等着别的东西。也许她把那些话当成他的蔑视。"啊，真的吗？你真就不想知道？好吧，把毒酒都喝进去吧：你不再是曾经的你了。我的主人也另有其人了。"

"这个我也明白。甚至，我早就知道了……"她本想回答："但是你装作不在乎。因为你习惯那样。即使你屈膝投降也要攻击对方。"

这些话一句也没说出口。它们只是在脑子里绕来绕去，像迷路的鸟儿根本找不到出路。她费力的喘息声清晰可闻。最后，她一边喘着气,一边说:"既然那样,你来吧……"

飞行是令人疲惫的。飞机一直侧着飞,或者是他那么觉得。真是架破飞机。昏昏欲睡之间,他想象着她站在镜子前,成天准备去见别的男人。挑选内衣,她的腋窝,她的肚子底下。一种反常的虚弱无力,伴着灼热而又眩晕的感觉,使他的心跳慢了下来。要是别的男人是他们关系冷淡的罪魁祸首,那她还冲他发什么火呢?在这种情况下发火的应该是他才对。

有时候他觉得飞机就像在梦里飞行一样,是不可能抵达的。

他老远就看到了她,还是在之前的老地方等着他。苍白的脸色使她显得更加美丽。她换了一个发型,走路的时候一直低着头。

在出租车上他们轻轻地拥在一起,像是中间隔着玻璃似的。她还是她,又不是她。后来好几天盘踞在他的脑子里的那些以"再"开头的词,再认识,再活过来,显然,都是从那一刻产生的。现在他觉得,想和她上床成了最不可能的事。

她已经预订了酒店……他试着从酒店的布局看出些端倪,从入口、大堂,自然还有房间,从大双人床或是两张单人床来分辨一下。这分开的单人床就好像两座昔日恋人的墓穴,和他在京都一个墓地看到的一模一样,墓穴带着的大理石墓碑上,还刻着他们伤感的故事。

楼层服务员打开房门的时候,他的心跳又慢了下来。一束平和的灯光十分炫目,然后眼前出现了一张大床,床罩上缀满了引人伤怀的,像是插在日式花瓶里的菊花。她轻轻地走过来,放下衣服,就像是从另一个世界走出来的。一切都静静地发生着,仿佛她真的是花瓶上画着的人,甚至就连她走进浴室,低着头说了句"你等我一会儿好吗",也不再带着通常预示着幸福的俏皮眼神。

浴室门关着的时候,他想,瞧瞧这就是诱惑了他那么久的神秘感。他觉得她再像以前一样从那里面出来几乎是不可能的。

他坐在床的一角,就像在京都的墓地,等待着他的新娘。要么像在一九一七年,要么是在一九一三年,上帝才知道是什么时候,巴尔干的男人,由于订婚年限拉长,性欲被压抑了。也许,更为糟糕的是,他们疯狂地相信,那些被人掳去的,或者由于自身犯错被抢走的失踪新娘还会回到他们身边。

终于,她出来了。哦,天哪,他心里想,一个完完全全陌生的、在习惯法下长大的、白得像石膏一样的新娘。她低着头,走到床边,直挺挺地躺到他身边。他觉得他们之前所有的动作都被遗忘了。他俯下身凑到她的脸上,她的嘴唇,还有眼睛,都那么陌生,他没有去吻,而是低声问:"有人碰过你的这些地方了?"

她用眼睛示意"是的"。

从敞开的浴袍里露出了乳房,它们也许比嘴唇更像是密谋的参与者。同一个问题他又问了一遍,回答也还是那样。

他根本不确定他的身体是不是能扛得住那种眩晕的感觉,搞不清楚其中哪些是痛苦,哪些是享受。他想,哪个小子那么走运啊?

他抚摸着她的肚子,又摸到了肚子底下。他又问她那儿呢,她眼睛同样抬了抬。他心里想,好啊,你全都干了,嘴里却说:"什么意思?……"

罗薇娜没有回答。不同于以往任何时候,她的呻吟非常克制,像是她要把呻吟都吸到体内,他心里想,自然如此。

做爱快结束的时候,耳畔响起的不是音乐,而是远处传来的警笛声。

警笛声感觉突然近在咫尺,几乎与在卢森堡的那个夜晚听到的警笛声一模一样。想到自从阿尔巴尼亚警察局配了新的西式警车后,车辆的警笛声最先在阿尔巴尼亚营造出了欧洲的氛围,他的脸上浅浅一笑。他扭头向玻璃窗外张望。看来,林荫大道上起了冲突。他们正在扔催泪弹,走过来的那些人里有人说。看得出来人们像是被鬼魂吓到了,抬起手挡住了眼睛。"双性恋外交官"的鬈毛也像是着了火。他记得红头发的人在性上是不知足的。我可怜的宝贝,他心里想,谁晓得你是怎么忍受他的折磨的。

做完爱瘫倒下来的时候,他心里大致是那么想的。

电话里她说的话,和其他他想象出来的东西混杂在一起,一股脑儿地涌向他的脑子,就像礼仪句式似的,句法也变了样:我的性欲你毁了。

其他人糟蹋你,你却怪罪我,他想过。做完爱后,他又重复了一遍她还没有回答的问题——她是不是什么都干了?她还是不置可否,最后才说:这取决于你怎么看。

像是不想打破这种麻木的状态,他声音低低地对她说,这么说毫无意义,要是别的男人把她哪儿都亲了,哪儿都摸了,自然什么都干了……像大家说的那样……

她的回答还是如出一辙,这取决于他怎么看。他问:"那是为什么?难道他不行吗?""不是,"罗薇娜沉默了好一阵儿才回答,

"'他'是个女人。"

"啊呼,"他整个人长长地出了一口气。"啊呼,瞧瞧,事情竟然是这样。"有时候他心里混乱得很。他觉得解释这一切的办法找到了。问题像疯了一样在他的头脑里乱窜。要是一个女人迷住了她,那为什么这种迷恋,这种新的欲望,没有让她平心静气,而是冲他发起火来?她所有的痛苦,那些呐喊,她去看精神科医生都是为什么呢?

她吃惊地听着。"什么为什么?那样很自然啊。我本想离开你的,而你不让。我根本没有背叛你,你明白吗?这就是全部。"

当时他觉得一切都清楚了。她的话,就像安眠药,让他整个人可以完全踏实地睡觉了。她也想睡觉了。他们俩都累了,两个小时之后,他们像是在另一个年代里醒了过来。他觉得他又把她找回来了。但是他还不是很确定。就像在水面上的一个倒影,有点风吹草动就可以把它毁掉。

他小心翼翼地接着他们之前的话题往下说。他头一次听到丽莎的名字,以及她们认识的情景。午夜酒吧,她星期六都在那里弹钢琴。目光相交。打电话。在车里的第一次接吻。

然后?然后,其余你都知道的……

"我什么也不知道。"他近乎带着一种女性的好奇心说道,"你把一切都告诉我吧……告诉我你们怎么干的。"

"我们怎么干的?……事实上,我什么都没干。是她……干……我只是接受……"

他觉得他从来没听过如此感性的描述。莫非吉卜赛女人曾经那么说过。

"你再跟我讲讲,"他近乎在央求,"把一切都告诉我吧。"

她告诉他,在体育课女孩都脱去衣服的时候,她有过青少年时期的迷乱。显然,从那时起,她就有了这种倾向,但是和许多女孩一样,谁也搞不清楚是什么。就像他能感受到的,她不是女同性恋。这最多算是一条出路,因为她害怕男人,害怕男人嫌弃她的胸。她觉得自己的胸比男人想要的小。和丽莎在一起她才变得更女人。

更女人,他想。接下去她会怎么做呢?

第一次,她吻了丽莎的脖子,只是冷冷地吻了一下。说到底,一切,至今我做的一切,都是为了你。

一做完爱,他又回到了他们刚才的谈话。还在急促地喘息之中,他就对她说,她把自己身上发生的一切都归罪于他。她被一个女人吸引,发现着新的体验,愉悦得神魂颠倒,而错算他的。就在闹得最凶的时候,她去看精神科医生,原因还没弄清楚,这责任又得他担着。他必须忏悔,必须请求原谅。

这些话他只对她说了一部分。这一部分还是含糊不清、支离破碎的。她默默地听着,然后同样温柔地说:"事实真就是那样。都是为了你。"

贝斯弗尔特觉得他根本生气不起来。但他的话还是冷冰冰的。

"我更想你再对我说点什么。但是要说得清楚些,准确些。你对精神科医生说你烦躁不安的原因时,你是怎么说的:你和你的恋人争吵,恋人是男的还是女的?我相信用德语说这些话是可以区分出来的。"

她叹了口气。她并没有否认她和丽莎有过争吵。但是根源还是在他那里。他像逮鸟一样逮住了她，不肯放手。而她竭力想飞出网子，却飞不出去。于是她和她的女朋友吵了起来……她挣扎着。她的翅膀受了伤，哀嚎着。

所有关于丽莎的谈话就是那样，支离破碎的。不仅是她，他自己也不慌不忙地，像是害怕那层迷雾散开似的。重新把罗薇娜找回来花了他很长时间。他自己不敢肯定哪一个罗薇娜他更喜欢：是第一个头脑清楚的罗薇娜，还是这第二个，难懂的、戴着石膏面具、过着双重生活的罗薇娜？

每当她再凑近一些，变得触手可及，像以前一样笑着，带着重获新生的喜悦时，他就感到伤心，因为她的面具消失了。他怎么才能把那种超凡脱俗的、诞生在无边无际的陌生区域的感觉再找回来呢？

有时他觉得很简单。尽管他不愿意承认，他还是只能像几百万极力重燃冷却欲望的男人一样，体验着狂乱而别无他法。他们的关系一直持续了很久，此时杂志、网络上闹哄哄地都是交际俱乐部的地址和各种各样的联系方式。

一天晚上，在卢森堡一家性用品商店的橱窗前，当他盯着一个性感的人偶看时，她带着讥讽的语调对他说过："既然它这么吸引你，你就买下来吧。""我会买的，"他认真地回答，"但是有一个前提，它得像你。"

罗薇娜撇了撇嘴，因为她不知道如何招架。

他自己也无法彻底解释清楚那种感觉。他根本不想让她失去那层神秘感，但是她和丽莎的事情发生以后，神秘感消失了。但是，从另一方面看，他知道不失去神秘感是不可能的。几星期过去了，他们又像以前一样亲密了，这毫无疑问是个奇迹。他重复着"奇迹"一词，心底却很清楚，与其说是奇迹，不如说是平静。她心里烦闷的时候，就对他说："你戴上面具去吧，去找个脸上抹得惨白的日本艺伎，最最神秘的那种，好让你像是和一个从棺材里爬出来的新娘睡在一起，那不就是你想要的吗？"

他当然想到了，除非与曾经很亲密、现在已然疏远的人在一起，才能体验到那种梦幻般的感觉。他要像两年前那样，再把罗薇娜变成外人。他要先失去她，才能再征服她。

他自己也知道这些是疯狂的想法。它们是自相矛盾、彼此排斥的。

他突然觉得可以理解了，凭借人脑的智慧是不可能劈开阻挡去路的界墙的。说到底，人脑也是由同一种宇宙中的物质凝固而成的。物质相互挤压，就像锁链一样环环相扣。既然宇宙完全由同一种物质制造出来，那么任何地方都不会有希望。你和彩虹一起睡吧……也许，把跨过彩虹和性欲的变化联系起来不是平白无故的……过去应该发生过这样的事，记忆的碎片，偶然地劈开了界墙，搅乱了我们的头脑。但是那个地方在哪儿？所有的方向看上去都一模一样啊，哦，上帝，除非有一处新的地方，一个意见相左、规则完全不同的区域，黑洞什么的。

他也许得吃镇静剂，才能避免情绪这般兴奋。而且他不应该喝那么多咖啡。

想和罗薇娜在俄罗斯轮盘赌上玩玩的冲动也许就来自那些混沌的区域。但是她对自由的痴迷还是不知道从何而来。他觉得这些东西就是莫名其妙地联系在一起，就像是否存在爱情的问题一样纠缠不清。

有时候武力也可以给予人自由，这个想法让他微微一笑。他点了第三杯咖啡，却并不急于喝。

林荫大道上，清洁工正在清扫一堆堆冲突时脚踩过的垃圾和标语牌。短暂的愤怒风暴刚刚吹过，留下的痕迹正在被清除，让位于永存的旧年积怨，它涉及过去的审讯和遗书，其中一部分还是由不再使用的语言写的，盖着奥斯曼时期的印章。

六　同一个星期的周末，罗薇娜

整个星期罗薇娜都在为打电话的事心神不宁。她原先以为多打打电话心情多少会轻松些。后来她又觉得正是这频繁的电话徒增了她的烦躁不安。她试过不去打电话，可是打得少了更加令人无法忍受。

我们不应该说那么多丽莎的事，她想。近两年时间他们没有提起她了，突然间，她像一个恶毒的幽灵，在他们去维也纳约会的时候，又现身了。

有时候我觉得，你一直故意不想听我和她全部的事。你是要用没提出来的问题，用我觉得你心里一直存在却从不流露的怀疑折磨我。

为此我写了好多封信，又把它们都撕了。一个人孤独地自说自话让我精疲力竭。即使我们在一起的时候，我开始倾诉的时候，我感觉你就是迫不及待地一心想要达到高潮，这是你唯一感兴趣的事。你的眼睛看起来似乎全神贯注，实际上却不是那么回事儿。从来你我都隔着一层面纱。从面纱背后，有点远的地方，你听着我描述认识丽莎的午夜酒吧,她端着啤酒杯站在钢琴旁边的样子。

我旧日的困惑,她的眼光,我的回应,之后我们在车里亲吻,她的手放在我的大腿上,还有学校厕所里的回忆,以及我伸手去握她的手,把它拉到大腿根处,等她一呻吟起来,我就解开拉链,让她找到她想要的东西……

你兴奋地问着相同的问题,开头和结尾的问题总是:"就在你解开了拉链的时候,你自己是怎么知道那样可以的?"不听我回答,你又接着问:"告诉我然后,当她勾引你的时候,我不知道你们之间是不是用这个词,也就是说,怎么说,她完全掌控了你……"

通常,我的描述就在这里被打断,因为之后,也就是,做爱之后,你就不再感兴趣了,所以我根本无法向你解释,我去找别人并不是由于早年的诱惑,而是为了从你那里稍稍解脱一点。显然,在潜意识里,我不想要男人,而是选了女人。我这么做也许是为了我自己,因为我这么做更容易些。我说更容易些,是因为你们之间不可能具有丝毫的可比性。何况,你相信我,我是为了你才这么做的。我不想用一个情敌来侮辱你。可是你,鬼使神差似的,就在我需要休息一下、离你远一点的时候,频繁地打电话过来。你一反常态,每天都打电话给我。我和丽莎相处的头几个星期,我们第一次发生争吵就是因为你的缘故。她妒忌你,好几个小时跟我唠叨着她的理论,她说你不但是我生活的障碍,而且你已经把我真正的性取向给扭曲了。我竭力地驳斥她,我对她说是你把我变得更加女人的。她嘲笑我,一会儿说我天真,一会儿说我对世界无知。缠绵之间，她对我耳语，说我是世上罕有的那种女人，自然馈赠了她们可以达到唯有神灵想象得出的极乐巅峰的本事，但是唯有一个条件，就是我得清除掉挡在我眼前的障碍，也就是你。你自己呢，在这个时候，不但不帮我抵抗，还和我唱反调。你的电话越是令人恼怒，她的低语就越是甜蜜，直到有一天发生了不可思议的事，一件我从来没有对你说过，我也不确定哪一天会对你说的事：她向我求婚了。

事情发生在一家茶馆里，一次普通的争吵之后。我们俩争风吃醋，开始是我挑事，我觉得她看上了别人，为了报复，我也装作被那个人吸引住了。我们俩气愤地回到她家，后来在床上，她前所未有地用尽各种技巧撩拨我。"我们是为彼此而生的，"缠绵之际她低声对我说着，"我是钢琴师，你就是我手指下顺从的钢琴。"一直这么着，我们越来越飘飘欲仙，冲上七重天的极乐之境，那个很多人都提到，却非常少，只有一小撮被选中的人到达的境界。技巧一流的她，说出了"结婚"一词，或者更确切地说，她是在高潮的时刻，为了应景喊出来的，就像人们说的，施虐狂都那么干。

下午稍晚的时候，我筋疲力尽，处在像时隐时现的彩虹般的状态——就像你喜欢形容的那个样子，正往回走。我真的就要越过彩虹了，就要抵达我青少年时期那个混沌的梦境了，但是这一回却是用另一种触手可及的、决定性的方式：和一个女人结婚。

我对你的情感混杂着对你的愤怒，这愤怒既朦朦胧胧，又令人心痛，心存羁绊，我恼怒你从来都没有向我求过婚。

新娘的面纱、宾客，所有其他的东西在我看来都是不真实的幻象,就像它们来自另一个世界一样,我心里想,真就是那样,我就要嫁到另一个星球去了。

我和丽莎打算一起去希腊旅行,那里有一个小岛,岛上有一座废弃的教堂,多年来,在此地,女性之间在半秘密的情况下结为夫妻。很快,一切都会改变,此时,欧洲委员会正在起草新的法律,我们在路上,在咖啡馆,不用再隐藏我们的关系,在音乐会的时候,我们一个在底下,一个在台上,我们的眼光不用彼此躲闪。

我是那么考虑自己的,我无法割舍对你的情感。我内心自我安慰着,我是为你献身的。就像嫁到外地去的新娘,为了不让她们的婚礼伤害抛弃她们的爱人。我要嫁到另一个世界去,嫁到女人中去。我喜欢这么想我正在做的事,我不是乐意如此,而是为了避开你。是为了不辱没另一场婚姻,我和你并不存在的婚姻。

在维也纳难忘的冬季旅行中,我是多么期待那场婚姻。所有的小路灯、招牌、路牌都在痛苦地表白、呐喊,为此鸣钟示意。唯有你充耳不闻。

当你的电话铃响起的时候,我依旧徘徊在街头,陶醉在病态的情绪之中,与什么决裂的激动之中,对即将到来的东西的恐惧之中,对你的恼怒之中,一种奇异的空虚之中,而在那空虚的深处,耸立着那座不合法的小教堂。

从第一秒起,我就觉得那个电话很陌生,打得不是时候。你的声音还是那样。当然,毫无疑问,我的回答也冰冷得冻僵了。因此你说出了"这腔调是什么意思"那样的话。此后,一切都急转直下。你粗暴的声音带着一半的恶意。突然,我觉得那声音透着讥讽，嘲笑着一切：我激动的情绪、婚纱、婚礼和超现实的教堂。你冷酷无情地，毁灭性地，在你最糟糕的状态下，把那些东西像破布一样全都撕毁了。当然我失控了。我怒火中烧，对你说出了非常伤人的那些话："你毁了我的性欲。"我不隐瞒，这是丽莎说过的话。她坚持认为由于男人粗暴的入侵，我的身体受到了侵犯，对男人的记忆应该被抹去，我得做好准备迎接情爱更高级的阶段。

不止于此，两个小时以后，就在与你吵架后，我筋疲力尽地呆着的时候，丽莎给我打来了电话。她少有地亲切，同时期待从我这儿获得同样的温柔。我的困惑起初令她奇怪，后来让她觉得受到了侮辱。"啊，你居然还在犹豫，还是更糟糕，你已经改变主意啦？"我根本静不下心来。她越来越生气。对我的动摇她感到失望。她以为她的求婚使我感受到了幸福，这是她一生中第一次这么做，而我却在闹着玩。我对她说："等等，你容我解释。"但是她再也不听了。因为她说我不忠，我说她不知道自己在说什么，她就攻击了你。"去吧，去和那个恐怖分子呆在一块儿吧。"她对我说，"和那个最终会被送上海牙某个法庭审判席的人呆在一块吧，让我在那儿也看到你吧。"

奇怪的是，她怒气冲天反倒让我有点平静下来。尤其是她最后说的话。她曾经是个和平主义者，因此她反对轰炸塞尔维亚，但是，因为她从我这儿知道你干的事情，为了与你的私怨，她变成加倍支持南斯拉夫了。

午夜里我又烦躁不安了，我犹豫不决，一会儿想打电话给你，一会儿想打给她，一会儿想一股脑儿把电话给掐了。失眠、脉搏过快折腾得我筋疲力尽,我勉强挨到早晨就去看医生了。

的确我说的是:我和男朋友吵架了。后来,你太厉害了,你想知道我用词的确切性别。在德语里"Geliebter"①和"Geliebte"②有点区别。像以往一样,当时你一个问题就把我的脑子给搅乱了。我坚持我说的是"我和男朋友吵架了"。我说的是实话,又不是实话。我是那么说的,用了阳性,但是实际上,这个词包含了两个性别。丽莎是我的"女朋友",但她更是我的"男朋友"。

那天打电话的时候,你一听到"医生"这个词,态度就完全变了。你变得很温柔,不停地求我谅解。我觉得我成了被怜悯的对象。我啜泣着,对你最后发泄了一通。当时,我明白我失败了。我那些责骂的话,暴君、自私鬼、黑心人,以及丽莎那些骂人的话,都像落在一件中世纪铠甲上的雪一样。不仅没给你留下任何印象,而且你还继续请求我原谅。

随后而来的空虚令人害怕。医生对我说过我应该远离烦心的根源。一刀两断。奇怪的是,我只需要和你中断关系。丽莎让我生气,你却让我恐惧。

你突然把我丢在了一个荒凉的区域。它的死寂比争吵的嘈杂更折磨我。那是一个混沌的世界,真真假假痛苦地纠缠在一起。你的歉意,也是这样模模糊糊的,基于一种无知。就像我的背叛,既是事实,又不是事实。我与丽莎的婚姻,后来的一切,也都是如此。

---

① 德文,女朋友。
② 德文,男朋友。

现在你说我们之间一切不同以往了。恰恰在我心里想"感谢上帝，经历过那么多狂风暴雨，最终我们平静了下来"的时候，你吐出了那些话。你还提出了那个可怕的问题："你愿意当我的前妻吗？"你还说了其他难以理解的话。

灾难过后我们见面的那天，你没对我说这些，但是我依旧麻木着，像是刚从梦中醒来，发现自己又和你一起躺在床上做爱。在我认识这一奇迹的十四年里，毫无疑问，那是我们最童话般的一次结合。你对我说："你好像是从月亮上下来的。"甚至，你还说，也许未来夫妻见面会有这样的感觉，说不定其中一个就是从某个星球旅行或者出差回来呢。

所以，那时候你也没有对我说一切不同以往了。但是，现在你不但说了，甚至，还说得非常诚恳。

我感觉，有什么东西在空中盘旋。就像我感觉自己总是晚一步似的。是你先发制人。

打吧，做你要做的吧。只是不要丢下我一个人。这不是感情问题，它超越了感情。你用自然界隐秘的法则或许禁止的那些东西侵犯了我。人们说，在情人之间，通过黏膜时常发生反常的血脉流动，即某种反向的乱伦，其间家族的血脉与外族的血脉，错误地交换了位置。

要是果真如此，你就应该遵守其他的法则。你可以是我的前夫，而我可以被称为你的前妻。但是如果我错误地成了你的妹妹，你不能丢下我，这只折断了翅膀瞎了眼睛的燕子，在这个世界上。

你不应该这么做。你也不能这么做。

七 二十一个星期前，暴风雪

暴风雪打在火车的车窗上，像是加倍猛烈了。对罗薇娜坐的另一列火车的想象，根本无法让贝斯弗尔特·Y摆脱麻木的状态。想象只是让他死气沉沉，就像服过安眠药似的。

要做的都已经做了。午夜刚过，他俯在枕头上，压在她散乱的头发上，最后喘息了一下。他几乎害怕自己真的把她给憋死了，对她低声说道："罗薇娜，你还好吗？"

她没有回答。他碰了碰她的脸颊，低声说了些甜言蜜语。也许，她当成自己是最后一次听到这些话了，因为她的脸颊渐渐被泪水打湿了。从她的低语中，贝斯弗尔特只听到了一个词："明天"。明天他们将乘坐不同的火车离开，但是，与以往几次不同的是，他们已经从分手的焦虑中解脱出来了。明天，宝贝，你会第一次感受到那个区域是什么样子。

他们一起在卢森堡度过了将近五十个小时，唯独没有说起这个。她听着，眼神越来越哀伤。疲惫让她的反对也越来越无力。死人也是无法再分开的。他不停地说"不"，说了一千遍"不"。他们都会自由的，就像世界伊始的时候一样。自由，也就是说，再也无法分开。他们想见面，就可以自由地见面。为了厌倦彼此，为了忘却彼此，为了重新发现彼此。他们要经历任何其他人都无法经历的欲望的重燃。每次他们见面，他们都是相互陌生的，但是他们曾经见过面，他们像是从梦里走出来的。多少有点像和丽莎的事情发生之后的那一次，但是比那一次要强一千倍。当她怀疑他为什么那么做时，即他把她当"应召女郎"，也就是高级妓女来对待，是为了羞辱她，以便时机一到，就可以轻轻松松地甩掉她，她应该有信心，别像昨天晚上那样，再琢磨什么晦暗的念头。哦，不，他发誓，他一直想得正好相反，他要把她变成偶像。

他说话的时候，她的眼光，突然变得很痛苦，很执拗，像是想说："我亲爱的，谁让你病成这样了？"

外面安静了一阵之后，小雪又开始飞起来了。一位刚走进车厢的旅客，醉醺醺地摇来晃去，眼睛直盯着贝斯弗尔特。他想忍却没忍住，才对贝斯弗尔特说了句话。

"我不懂德语。"贝斯弗尔特回答。

"啊哈，"对方说，"瞧瞧，原来如此。"他又喃喃自语了一会儿，然后提高了声音："尽管如此，你没必要懂德语，也能明白卢森堡就是个无耻的国家。仗着国家小，就为自己的无耻开脱。所有路牌上的公里数都标错了。半夜里银行还偷偷地给那些改邪归正的恋童癖者开后门。"

贝斯弗尔特起身上吧台喝了杯咖啡。

罗薇娜的火车已经开出来了，也许，已经开出了暴风雪区。突然，他很想把她的头靠在自己身上。上一回午夜之后，她就是那样，头枕着他才睡着的。大约两点左右，她惊醒过来。"贝斯弗尔特，贝斯弗尔特！"她低声呼唤他，想要把他唤醒。"我想知道，我们的谈话，以后怎么办？""什么？"他问道，像是干坏事被逮了个正着。"我们的谈话，午夜以后，做爱以后的谈话。""哦，是那些谈话。"他回答，"当然，我们的谈话，会一直谈下去，你没理由害怕，我们的谈话还和以前一样。""你说的是真的，还是在安慰我？""当然，宝贝，我说的当然是真的。'应召女郎'与嫖客之间的交谈大家已然很熟悉了。和艺伎的交谈也是如此。一半的日本文学取材于此。""对不起，"她说，"也许是我的错，我睡着了。要是我没搞错，你已经开始说阴谋什么的，是吗？地拉那发生最后一场阴谋的时候，我已经十二岁了。我记得，所有人都在谈论它。妈妈盼着爸爸回来，等不及他脱掉大衣，就问有什么新消息。那是冬天。总理刚刚自杀。我想的却是我的胸部怎么不发育了。而你呢？要是我没弄错的话，你说过你悲痛极了。"

他回答说的确如此。那是一种很特别的悲痛，像一个深渊，无边无际毫无希望的深渊。阴谋一个个接踵而至，每次阴谋过后，深渊就变得更深不见底。

"这是为什么呢？"她问道，"那所有的悲痛从何而来？无论那些事情失败的时候心中多么悲痛，一线希望总会萌生出来。无论如何，有人会努力，有人会冒着掉脑袋的危险去推翻独裁政权。"

他摇头否认："事实恰恰并非如此。谁也没有努力做什么。谁也不冒掉脑袋的危险。阴谋都是假的。比它们更虚假的就是阴谋家。你觉得可笑吗？"

"一点也不可笑，"她回答，"我觉得极其可怕。"

"正是如此。也许这才是世界上最可怕的阴谋。"

他用一成不变的声音，介乎唱摇篮曲和讲童话故事之间的语调，说了很长时间那些事。从尼禄①时代起，或许更早，虚假的阴谋就有了。为了一个意图，阴谋才孕育而生。为了国家，为了渡过危机，作为发动进攻的借口，为了制造恐怖，害怕坏事临头（瞧瞧，你们搞了阴谋，你们根本没搞不倒我）。阴谋是女人挑唆的，是出于积怨，是因为疯了。世界上有过各种各样的阴谋，但是，相信我，阿尔巴尼亚人这样的阴谋没人见过。你有可能会问：那么为什么他们要假装呢？他们从中能获得什么呢？我一开始就可以告诉你，他们除了背后挨枪子儿，什么也得不到。这个他们自己也知道。但是，他们还要继续假装。你可能会认为这一切都是我胡编乱造吧？请相信我，没有任何夸大其词，除非一切都颠倒过来。那么，你又会问了，既然他们知道结局，为什么还要假装成阴谋家呢？通常，人都会装忠厚老实，而不会装背信弃义。但是，他们就是要装出背信弃义的样子。忠厚老实他们装不来，因为他们本色如此，他们是最最忠厚老实的。但是独裁者腻烦了他们，厌倦了他们的爱戴。他想要别的东西……你可能觉得我说话像个疯子。那个年代结束的时候你才十三四岁的年纪，因此，你几乎得以幸免，而我

---

① Nero（37—68），罗马皇帝，以纵情声色、奢华无度、焚烧罗马和迫害基督徒而臭名昭著。

则不然。但是,你还是可以在这团乱麻中寻找一丝逻辑。你想,比方说,双方,独裁者和伪装的阴谋家,他们开始做这件事情是图高兴,像演戏似的,阴谋家扮演策划者的角色,独裁者假装要惩罚他们,最后散场时大家哄堂大笑,一边打着哈欠,一边互相道声"晚安"。但是,要是你了解那个疯狂的时代,你可能就会明白,这出戏开始的时候的确是图个消遣,但是突然,演着演着,暴君病态的脑子里产生了怀疑。于是嘻嘻哈哈开场的一切,最后成了锒铛入狱的结局。一个逻辑,即使再模糊不清,也大概是这样。但是发生的事情,超出了任何人类思想的范畴。所以,即使不至于说成无法解释,也是很难说清楚的。

谎言像雾一样,越下越浓,笼罩着一切,覆盖了整个地平线,哪儿都没留下一丝缝隙。阴谋一个接着一个,从雾里冒出来,起初模模糊糊的,像娘胎里婴儿的轮廓,随后变得越来越清晰。人们还在天真地想:这个计策搞不倒他,就弄下一个计策,运气好点的话,就会把他搞倒。但是下一个计策偏偏比上一个还要忠诚可靠。阴谋家在监狱里写的信变得越来越感人。有些人要求弄些阿尔巴尼亚语词典,因为他们缺少表达对领袖崇敬的词汇。其他人则抱怨受到的折磨还不够。河畔荒凉的沙石路上的告示,或多或少透露出一致的精神。被枪决的人除了高喊"领袖万岁",还道出了他们最后的愿望。他们有的觉得自己罪孽深重,一般的武器杀不了他们,得用上反坦克炮,甚至得用上火焰喷射器。其余的则请求炸死他们,以便不留任何痕迹,或是要求把他们头朝下埋或者活埋到土里,或者连埋都不要埋,直接像过去那样把他们丢下喂猛禽。谁也弄不清楚这些消息哪些是真的，哪些是假的。也不可能弄清楚阴谋家意欲何为，领袖又是何用意。有时候，领袖看起来似乎还更好懂些。他现在已经征服了整个国家，在他看来阴谋家的崇敬就是对他胜利的褒奖。有些人更深入地剖析之后认为，他厌倦了忠臣的爱，现在他想要另一种爱，一种看起来不可能的背叛者的爱，他们的爱后面隐藏的是西方、北约和中央情报局。他说服自己对他们仇恨到底，心里又暗暗地爱着他们。就像铁托，他的第一个偶像，后来成了他深恶痛绝的人。那一切日日夜夜折磨着他。但是当时令人厌恶的铁托跨过了彩虹，而他却落了下来。每到夜里，他一定在低吼："为什么世界可以接受铁托，不接受他？谁妨碍了他？"最后，他以为自己找到了原因：让他掉队的是他的忠臣。他们抓住了他的衣角不松手。就在彩虹的脚下，他们不让他跳过去。（你不让我活下去。）他们拉住了他的双臂，拽住了他的纽扣，扯住了他血淋淋的靴子：你得和我们一起过，而不是他们，别丢下我们。他低吼起来：一群卑鄙的忠臣，是你们不放过我。（你毁了我的性欲。）好，等着瞧。他鞭打着他们。越是逢迎讨好的，越是抽得厉害。有时他觉得，他们的嚎叫就是对他的嘲笑。他认为就是那么回事儿。毕竟，他们才是胜利者。

外面，暴风雪渐渐平息了些。贝斯弗尔特·Y感觉很疲惫。连他自己也根本弄不清楚，那像一团乱麻的事情，哪些是他自己想过的，哪些是他对罗薇娜说过的。同样他也不晓得，哪些她听到了，哪些她没听到。

将近凌晨五点的时候，罗薇娜睡着睡着发起抖来。他小心翼翼地碰了碰她。"你受惊了？"她说了些听不懂的话。后来，在昏睡中，她还低语说："为什么你要做这样的尝试呢？"

他一直闭着双眼，想要睡过去，似乎凭借着睡眠的掩护，他才能轻松地回答她这个问题。

为什么我要这么做？他心里一边想，眼睛一边望着稀稀拉拉的雪花。很快他会找到原因的。

然后，他听到了醉汉熟悉的声音。"先生，你没必要懂英语，也能明白这个国家有多无耻。"

哦上帝，他想，这位还真是要命。很幸运，一个红头发的高个子被那人给拦住了。"先生，相信我，欧洲会慢慢被伊斯兰化的。而在阿拉伯国家，石油枯竭之后，也就是说，大祸临头之际，基督教又会像两千年前那样传播开来。""不，不。"高个子反驳，试图背过身去。但是那个醉汉不放过他。"你已经在听我说了吗？那就听我说完。于是，就像两千年前那样，基督教会寻求传到欧洲去，但是那样就晚了。晚了，你明白吗？Too late！①摩天大楼上都会由阿訇来宣布祈祷的时刻。Too late！嘿，你不懂我的意思吗？你不需要懂英语，也会明白那种痛苦吧。"

贝斯弗尔特离远一点找了个靠窗的位子。最后的雪片，像从新娘的面纱上撕下来的，惊恐万状地往后飞去。

为什么他这么做……和罗薇娜在一起的那两天他时常想到这个问题。有时他所有的解释都变得模糊不清，连他自己都觉得没有意

---

① 英文，太晚了。

义。于是他寻找着其他的解释。毫无疑问，他们是自由的。不仅她，他也是。他们俩都是自由的。没有怀疑和无聊的嘲讽。他们脱离了常规，摆脱了世俗的压力，走出了嫉妒，消除了打电话时持续的沉默带来的无聊怒气，最后，离开了那个致命的女人——与黑寡妇"分手"。罗薇娜努力地追随着他。"以这种方式与我分手你就不会感到难过了吧？"他假装笑了笑。问题不是她会不会感觉难过。他们要把分手本身给废除掉了。一个"应召女郎"和一个嫖客，即使他们想分手，也根本分不开了。他们，此刻，已经身处镜子的另一边了。那是这个世界上许多无价值的东西根本抵达不了的地方。

她竭力想反驳，却疲倦地没有了热情。他莫不是想这样欲火重燃吧？以后每次约会，她都要变成一个陌生人，一副疏远的、还有可能不忠的形象，来从肉体上更使劲地勾引他吗？

他不知道如何回答她。他根本不能否认。事实上，就连可能性本身，甚至，谈论这个问题本身，都是令人躁动不安的。她说"不，不"，带着抱怨的语气，在他看来，更多的不是反对，而像是在诱惑中挣扎。当时，他就一直猜测，也许连她自己都不知道，她也是喜欢这个想法的。

罗薇娜又问他那个问题，他还是不知道如何作答。

"你令我万分恐惧。"她对他说，"贝斯弗尔特，你不害怕吗？你正在寻求不可能的事……"

连他自己也不知道他恐惧与否。他知道的就是退缩为时已晚。

为什么他这么做……在类似的情况下，人们很容易说"连我自己也不知道"。而事实上，他知道，虽然他装作不知道。他一直都知道。他故意竭力掩饰着，尽量回避着。但是它还是在那里，不会消失。

很多事情他们俩都谈论过，但都是支离破碎的。没有一次事情到最后揭示得清清楚楚的。当然是因为害怕，而不是不能说清楚。她害怕他，他也害怕他。他们俩害怕对方。

那次难忘的晚餐中，从第一刻她轻松地走过来，在他身旁的躺椅上坐下，他就已经知道了。"你超出了我的承受力。"他整个人都那样呐喊了起来。

罗薇娜非他的能力可及。他感觉自己违法了。至于哪条法律，他根本无法断定，但是他知道自己触犯了一条法律。

罗薇娜说着什么，他在回答，但是他们俩说的东西和他当时脑子里想的没有任何联系。他一直认为一个男人在他的一生中只能对付三四个漂亮女人。此刻，他已经得到自己该得的那一份，再去奢求更多是危险的。

多年来，漂亮女人谜一样地始终吸引着他。她们不同于美女的特点，很难解释清楚。她们之间有一条分界线，或许是不稳定的，就像水面上的一道裂纹，或者像镜子的两部分碎片贴合的地方，展现出它们稍纵即逝的特性。忠诚还是背叛，她们都是那副样子，也许连她们自己都不知道，她们一直被来自某个地方的某种东西控制着，就像被几颗星星钩住似的。

即使你和她们在一起，你还是觉得缺点什么。她们伸手搂着你的脖子，说着柔情蜜语，献身于你，你还是感觉饥渴难耐。什么也不缺，你心里说，别奢求太多。但是，有东西从那道分界线，从爱抚中，从奢侈的眼泪里渗透出来。

即使看起来她们被痛苦压垮了，你以为她们变得和别人一样了，其实她们没有。一个无形的守护者赶过来拯救她们。你以为她人曾经与你在一起，甚至她的呻吟还在你耳畔，她的眼泪还打湿过你的脸颊，但是，此时，她已经把她本人，她不可消除的原型，妥当地送去了某个遥远的地方。而对此，你是无能为力的。要是你因此勃然大怒，要是她给了你温柔的脖子、嘴唇、胸部、腰和性之后，你还要进一步拓展你的领地，驾驭她隐形的那部分，那么你就会觉得杀死她才是你能如愿以偿的唯一方式。

当罗薇娜那么漫不经心地，燕子般轻巧地呆在躺椅上时，在他第一时间想象的幽暗之处，她已经被勾勒为一只被武器瞄准的小鸟。

毫无疑问，她是"她们中的一员"。通常这种说法用来指妓女。但是她不一样。她具有漂亮女人的特征，她有难以捉摸的分界线，还有其他的一切，包括星际协议。他还是说"不"。他从来不是围着女人转的人，现在也不是。有一类名言——虽然青春已离我远去，但我的心依然年轻，像是很可怜。他觉得对有些男人来说，情况却相反。他们先疲惫的不是身体，而是心。他就是这样的人。

每次回想起那天晚餐之后，他都根本找不出来转折点是什么时候出现的，是什么时候他放任自己被吸引的。

看起来，火车车轮的声音是很适合长时间回忆往事的。一切都在寻找着自己的节奏。

平原一半被雪覆盖了。不太清楚现在到了什么国家。他好几回想到统一的欧洲，在伟人构想它之前，雪已经勾勒出了它的模样。

火车的声音很单调。和罗薇娜玩游戏,那种重复过几百万次的普通游戏,持续的时间比他想象的更长。这个年轻女子突然变得令人费解了。她的反对,换作其他任何时候都会提升她价值的反对,对他却起了反作用。这是普通的行事风格,与"她们那种女子"无关。他坚信漂亮女人不会用这样的伎俩,因为她们不需要。罗薇娜正在失去她的特质。看来,主要的原因是他随随便便地就邀她去旅行,虽然还谈不上无耻的程度。

在酒店里,当他看到她女孩子般的小胸部时,他感到的不是失望,而是一种轻松。她的缺点在他看来是神灵对他的保护。她又白,又纤弱,没有防御能力,与其说她是危险的女人,不如说她现在更像一个小殉道士。

但是轻松的感觉是短暂的。几个星期过后,随着她的胸部丰满起来,她又重新获得了一切:隐形的分界线、挑逗的眼光和神秘感。她迫不及待地想要看到他的欣喜,他却神情木然。最后,他吐出来"神奇"一词,但是,当时,他知道他原本想到的是相反的东西,而不是如今形容的她胀大的乳房。

在这个故事里,有东西被颠覆了。

不止于此,罗薇娜还在他的耳边低语说,那胸部是因为他才胀大的。他难掩内心焦虑。"你让我怀孕了"的话都要比这自然上一千倍。而这样一种另类的联系,看来还扯上了性,就像《法典》①所说的"乳腺",只能令他感到恐怖。

---

① 十五世纪起在阿尔巴尼亚北部和科索沃使用的不成文习惯法。

现在，他是不受保护的人，就像在遥远的那天晚餐后一样。就像那时在躺椅上，他觉得她仿佛一只被武器瞄准的小鸟一样，他感觉到了内心的喊声：这种关系不应该啊！

在他做过的几个梦里，有一个梦他不愿意回忆。梦里她的眼光令人无法忍受，她斜眼竭力盯着自己从喉咙到极其白皙胸部的一个印记，有点像抓痕，形状看起来一会儿像十字架，一会儿像勒痕。

在火车熟悉的噪音里，在往返欧洲令人疲倦的出差途中，他好几十次昏昏欲睡地想过要摆脱她。"下一次，"他说，"下一次也是最后一次。"巴尔干当时战火纷飞，一切自然都往后推了。

"你从那时就想过分手吗？在你对我说一切都不同以往之前？求你，说吧。而我，从一个酒店到另一个酒店，我以为我们过得很幸福，你却只是准备说这个？"

回答很困难，有几回都没法回答。

在这个世界上谁能够知道得做什么准备？你动身去某个地方，虽然你知道方向不对，但是你假装相信路是对的。

他先说服了自己，后来又说服了罗薇娜，他们去"罗蕾莱"体验了欲望的重燃，在内心深处他知道他们是另有所图的。他想过在那里用嫉妒、艰难分手的痛苦和背叛来清算一下。就像拳击手接受抗击打训练，没有不受重伤的，他咬紧牙关，要去看看她在他的眼皮底下，是怎么被别人抚摸的。

当他把所有的小妖孽都变得不再危险的时候，罗薇娜本人，在关键时候，也就一样没有危险性了。

他知道他与那伙坏人结盟很糟糕，他们污蔑诋毁、自私自利、两面三刀、背信弃义，不定哪一天就会突然与他反戈为敌。但是这并不能吓倒他。

其中，最令他解脱，而对罗薇娜最糟糕的就是她变成了"应召女郎"。这是唯一可以与恋人解除婚约的方式。否则，有婚约而处在自然状态的罗薇娜，就像一百年前在地拉那晚餐后出现在他眼前躺椅上的罗薇娜一样，没法对付。岁月没有减小，反倒增强了她的危险性。

这副新面具花哨华丽，就是他最后的希望，面具背后只有……只有……华丽异常的面具后面到底只有什么呢？一片苍白，也许是镜子玻璃上的一抹蒸汽，你可以当它消散了，再蒸发了，如此下去，直到你触及了某个邪恶的赤裸裸的想法……某个类似谋杀的念头。连他自己也对这个突如其来的念头感到诧异。它突然平静地出现了，伫立在他的脑子里一动不动，就像立在一片荒原上似的。它黑乎乎地杵在那里，像一团没有方向的惰性物质，感觉不到时间，也没有期限。甚至，他更多想到的是完成谋杀的轻松，而不是谋杀本身。谋杀在欧洲并不困难，当时在阿尔巴尼亚也许更容易。小型的汽车旅馆遍地都是，没有任何人注意，花上两千欧元，可以做得不留任何痕迹。

贝斯弗尔特·Y摇摇头，每当想要甩掉什么不好的东西，他就这样摇头。

这不是真的，他心想。想法就像是梦中的情景，无缘无故地来了，又无缘无故地去了。

他想象着罗薇娜就像以前那个晚餐之后一样，有可能在火车的长椅上屈膝打着盹，就想念起来。

贝斯弗尔特先感觉到了醉汉的呼吸，才听到了他的声音。"这些路牌上，公里数是假的，方向也指示错了，没必要懂什么语言也能看出来。"

贝斯弗尔特·Y 转身走了出去。

他觉得很疲惫，火车的噪音令他更加麻木。罗薇娜的问题被火车车轮拖着，无情地重复着：为什么他这么做？他想要什么？为什么？毫无疑问，他在追求不可能的东西。他，就像另一个人……独裁者……追求着背叛者的爱……

魔鬼，你怎么让我们染上了疫病？他想。

八 十二个星期前,另一个区域,《堂吉诃德》三章

是他首先把它叫作"另一个区域"的。后来他们俩说得特别顺口,就像说欧元区或者申根区一样。

他给她寄去了来阿尔巴尼亚的机票。还附上短短的几句话:"借此机会,你见见家人。我想很适合你。我非常好奇。贝。"

她眼睛停在"好奇"这个词上看了一会儿。里面有什么值得考古研究的东西。是石头制成的。"我非常……想念……"它正是原先的那个词……"想念"的影子。"想念"已然被残暴地取代了。

她也用同样的风格回复他。"谢谢机票。我也非常好奇。罗。"

想怎样就怎样吧,他心里想。只要能够和她见见面。

当然他们俩都很好奇。都是第一次身处另一个空间。那里一切都与众不同。从语言开始就不同了。

在抵达前他们为数不多的一次通话中,她用语言表达了自己的惊讶之情:地拉那正在发生的一切多神奇啊!

另一件突如其来的事情是他通知她他们将在一家汽车旅馆见面。不等她作答，他告诉她说不要担心。最近在阿尔巴尼亚这么做很正常。

下午晚些时候，在她家门前的小路上，他顺道过来接她。远远地他就认出了人行道上她窈窕的倩影，不知为何，心里说："哦，上帝。"

他们行驶在去往都拉斯的高速公路上，他用眼角的余光观察着她的侧影。她有那种他所期待的白皙。她很陌生，神情僵硬得有点像日式装扮的人偶。他从来没有这么强烈地渴望过她。

轿车驶离了高速公路，沿着海滩边的大道飞奔。公路两旁的饭馆和酒店灯火通明。她念着这些场所的名字，才头一次变得活跃起来。"蒙特卡洛"酒店，"维也纳"咖啡馆、"Z"汽车旅馆，"低调"汽车旅馆，"新泽西"，"皇太后"酒店。

"怎么可能？"她念叨了好几遍，"这些楼都是什么时候盖起来的？"

他们的旅馆有点偏僻，暗乎乎的，掩映在松树林间。他们用假名字登了记。店主带他们去了房间。旅馆在二层。要是他们需要，晚餐可以送到房间里。

房间很温暖，铺着紫红色的地毯。墙上有几幅煽情的画。而浴室里，浴缸旁摆着一尊三个裸女的浮雕。

"太奇特了……"她拉开窗帘，望了望松树林和林子背后薄暮下的大海，只说了这么句话。他倚在床头，看着她在房间里像幽灵那样转来转去。

"我去准备一下？"

他点头表示同意。他胸口有点憋闷，又幸福得有点恍惚。如今她究竟会怎么"准备"呢？肯定，不同于以往……

台灯发着一种惨白的光。他想象着她赤裸的样子，感到心跳越来越慢。当然，一切都不同以往了，她得多花些时间准备。

一时间他觉得她再也不会从里面出来了。旋即，他心里想：她怎么晚了这么多？多年来他的耳朵已经熟悉的轻微声响，再也感觉不到了。

他下了床，像梦游似的，慢慢地走向了浴室。门半掩着。他推门走了进去。"罗薇娜。"他喊不出声来。她不在。化妆品、梳子、香水瓶、口红，所有的东西都在镜子底下摊着。一套丝绸内衣轻轻地撂在浴缸边上，浅浅的天蓝色，有点像瓷器的装饰花边。"罗薇娜！"他又喊，这次只有一半的音量。她怎么可能就这么走了。没被察觉到，连门嘎吱的声音都没有。

在镜中，他又看了看她的东西，还有那张连他自己都感觉陌生的脸。"她是你的，你却把她弄丢了，"他自责道，"让她从你的手里溜走了。"

突然他转过身来，因为他感觉自己看到她了。不，不是她本人，却有她的模样。那尊浮雕里有一个女子惊人地像她。之前他怎么没注意到呢？瞧瞧，你在找的石膏像，他又对自己说。那雕像不是相似，就是她本人。看来，她看出了雕像的外形像她，就躲藏到里面去了。她的脖子，她的乳房，她大理石般冷冰冰的肚子就是那样，所有的一切都那么遥远，另一个世界的样子，就像他胡思乱想过的那样。太疯狂了，他对自己说，疯了。

他坐在浴缸边上，手抱着头，想哭出来。这样的事情他从来没遇到过。他觉得自己会一直坐下去，直到他感到有一只手在抚弄他的头发。他没有睁眼，像是惧怕看到正抚摸着他的冷冰冰的胳膊是从浮雕里伸出来的。此刻一听到了她的声音"贝斯弗尔特，你睡着了吗"，他浑身哆嗦。

她站在床边，披着酒店的白色浴袍，半敞着。

"我不知道我怎么了，"他说，"竟然打起盹了。"

还是那对乳房，那个大理石般冰冷的肚子，与他不久前打盹时看到的一样。

他急切地把她一把拉到身边，想要试试她是不是血肉之躯，她回应着。脖子、腋窝都是那样的温暖、柔软，除了嘴唇，还禁锢在大理石里。像暴风雨，像旋风般，伴着骇人的电闪雷鸣，他们的嘴唇疯狂地相互摩擦，却不敢侵犯嫖客和妓女之间永恒的协议：不能接吻。

他亲吻着她的肚子，然后呻吟着往下，再往下，直抵幽暗的洞穴，在那里规则是不同的，协议也是如此。

他的喘息平复之后，不等他问她那个普通的问题——"怎么样"，她凑到他耳边低声说："美妙极了！"

他抚摸着她的头发。

外面应该夜幕已经降临了。

晚餐前，他提议他们去海边散散步。外面一片令人不安的黑暗。到处，别墅的铁栏杆凄然地泛着幽光。

她倚在他的胳膊上。在浪涛声中，他们俩说的话听起来断断续续。她问远处暗淡的灯光是不是从索古国王的别墅发出来的。贝斯弗尔特回答说有可能。王位继承人和他的朝廷回到阿尔巴尼亚有段时间了。格拉尔迪娜王后也回来了。所有的报纸都说她不久于人世。

难以置信，过了一会儿她说道。他想知道她觉得什么令人难以置信，而她努力想要回答，但是她不敢肯定自己的哪些话被海浪声吞噬了，哪些没有。难以置信的事情多了，路边取着好莱坞名字的饭馆，别墅，私人游泳池，原先的共产党人变成了财产所有者，而先前的资产家天晓得变成了什么，还有国王院落里唤起怀旧之情的微弱灯光。

她不知道为什么要呜咽起来。最难以置信的是他和他的疯狂，当然，她自己也是，跟着他，在那片迷雾中穿行。

返回时，他们勉强才找到了路。他们靠近汽车旅馆的时候，他说，别放下大衣的领子。她想问为什么，但是想起他们用的假名字，她没有说话。他们把晚餐叫到了房间里。有各式各样的小吃。当然还有昂贵的葡萄酒。店主建议他们来点刚送来的野味和意大利"嘉雅"葡萄酒，他说那酒是总理赞赏过的。"我不太相信。"贝斯弗尔特说。但是，他并没有反对。

店主出去的时候，他们俩的眼光温柔地相遇了。像这样凝视之后，她通常会说："和你在一起我多幸福啊！"他期待她这么说，但是当他发现对方还在迟疑时，便低下了头。

的确，一切不同以往了。

她正说着别的什么，他没在意，就好像在讲一种陌生的语言。"什么？"他低声问。啊，她在问他是否想要她去换身衣服，穿点别的，怎么说，适合吃晚餐的衣服？

"当然可以。"他回答道。而他心里却说：真成"应召女郎"了。

黑色丝绒的裙子让她的肩膀苍白得令人难以忍受，那种白色使人迷失心智，无法思考。现在他无法相信自己和她睡过几百回了。甚至就连两个小时前他们还睡过他也难以置信。

"刚才，在海边，我们看见索古别墅里有灯光。我想起了你上次给我讲过的虚假的阴谋家。"

"哦，真的吗？"

"没什么可惊讶的。你和我说过的每件事，我永远不会忘记。"她就像人们想要自嘲的时候那样，伸手摸了摸额头。"我毕业论文的一部分，提到了反对索古国王的阴谋家。写这一部分的那三个星期里，你的话一直在我的脑子里挥之不去。"

"那都是些什么阴谋？"

终于她笑了。葡萄酒让她的脸颊和脖子上现出了两三处淡淡的红晕。

"至少，它们不是假的。"

"对此我不怀疑。那你以后还会讲给我听的，对吗？"

从他们眼睛对视的方式可以看出，他们觉得两人都想到了同一件事：至少，午夜过后的时光还会和以往一样。

"你得给我讲讲针对国王的阴谋，我呢，给你讲点别的。"

"真的?"她说,"太好了!"

"女神,给我讲讲针对国王的阴谋,那些真的阴谋。"

"我们还在前台留了假名字呢。"罗薇娜故意气人地说。

他没有回答。甚至,他脸色都凝固了。

她眼睛还是俏皮地来回跟着他,但是他的脸从侧面看更加呆滞了。

"你记得我们第一次去'罗蕾莱'是什么时候吗?"他像是苏醒过来,突然问。

"去交际俱乐部吗?你现在想起什么了?"罗薇娜说,"要是我没记错的话,那是四五年前的事了。"

他笑了。

"不止四五年前,而是四五个世纪以前的事了。"

她一脸轻松地笑着,等待他再次坐到她的面前。他手里攥着一本紫红色的小书。

"你说四五个世纪以前,还是我听错了?"

"你没有听错。"贝斯弗尔特深深地吸了一口气,"你还记得我们跨进'罗蕾莱'大门的时候吗?不仅是我们,我相信所有的人都感觉到了震撼,更准确地说,是抛掉禁忌的恐惧。"

他知道他永远不会忘记那个傍晚,当时,为了掩饰焦虑,他们俩做着去那儿的准备。当时他们在房间里转来转去,不知为何,说话都压低了声音。

所有的烦闷中,最令人煎熬的就是她长时间耗在浴室里打扮。从虚掩的门缝,他观察着她的举动:她全神贯注地站在镜子前,刷睫毛膏,最后检查腋下……这是他第一次看到她不是为他打扮,而是为取悦所有的男性……

"我当然记得。"她回答道。贝斯弗尔特目不转睛地盯着她。"所有的人都认为那是一次新的、现代的体验,其实自古以来就是如此。至少,这本书将近四个世纪前就描写过它了。"

罗薇娜念出了小书的题目:米格尔·塞万提斯,《疯狂试验者的故事》。

"这是不是《堂吉诃德》的一部分啊?"

"是的。很早以前,范·诺里在出全译本之前,正是先出了这一段,看看反响。毫无疑问,它是现代交际俱乐部最早的版本。"

"好离奇啊!"她说。

"你想想看,诺里是位忧郁的阿尔巴尼亚主教。我想他也是阴谋家。你会更了解他的。"

"不仅仅是阴谋家,按当时的说法,他还是大主谋。他至少卷入了三起阴谋。"

"故事非常神秘莫测。"贝斯弗尔特接着说。

他看的时候拿着铅笔,就好像在揭秘一个隐晦的文本。

她好奇地翻了翻,贝斯弗尔特却轻轻地把它夺了过来。

"晚餐后,你可以看看。"

他举起了酒杯。

"葡萄酒好极了,但是我觉得我喝得够多了。"罗薇娜说。

她脸颊上带着令人自然地联系到爱情的那种红晕。走进"罗蕾莱"大门的时候,她的脸还是苍白的。他不再怀疑:她多么不想犯罪,就多么强烈地被它所吸引。

"我要去冲个澡。"贝斯弗尔特说,"要是你愿意,你有时间可以翻翻那本小书。"

"当然,"她说,"我都迫不及待了。"

九　同一个夜晚，塞万提斯的文本

在热水喷头下，贝斯弗尔特竭力去猜测在罗薇娜的想象中，中世纪的西班牙城市是什么样子，两位形影不离的好友洛萨里和安瑟伦又是什么形象。和他们在一起的，还有甜美的卡米拉，后者的未婚妻，她无意中成了原本形影不离的洛萨里有点疏远安瑟伦的原因。新婚的两人发现后，感到很苦恼。

贝斯弗尔特想象着罗薇娜翻着书页的纤细手指。

新婚的两人还在烦恼。他们劝说洛萨里还能像过去那样上他们家来，就像在自己家一样。洛萨里来了，但是他很拘谨。他害怕谣言。但是夫妇俩一点也不害怕。洛萨里时常注意到他的朋友蹙着眉头，心情焦虑，却不是因为谣言。一天，安瑟伦对洛萨里透露了心中的隐秘。他备受困扰，都要疯了。自然，和他的妻子在一起是很幸福的，但是，他摆脱不掉折磨。这牵扯到心中的一个怀疑。洛萨里没什么好诧异的。安瑟伦正是在怀疑卡米拉的忠诚。

贝斯弗尔特知道罗薇娜柔弱的手指正迫不及待地往下翻。

"等等，"安瑟伦对正要开口说话的朋友说道，"我知道你想说什么。"他也知道,他的卡米拉是清白的。但是,此时此刻……此时此刻没有机会变坏的女人就是好的吗?

贝斯弗尔特想象着罗薇娜那么精心涂过的眉毛和睫毛,它们不安地颤抖着,就像暴风雨临近时燕子扑腾的翅膀。

洛萨里尽力安慰他的朋友。但是他的顽疾无法治愈。像在发热中煎熬一样,他的怀疑越变越邪乎。最后,他向朋友洛萨里提出了可怕的建议。洛萨里是他一生的朋友,也是唯一能够把他从这个困扰中解救出来的人。这是唯一能够证明卡米拉忠诚的方式。这种方式的确危险,却很可靠。他要让卡米拉接受考验。简言之,就是让洛萨里去勾引她,诱惑她。

贝斯弗尔特想象着罗薇娜的手指怎样紧张地往回翻,想要再看一遍这一段。她脸颊上的神采凝固住了,她戒指上的红宝石也一动不动。

洛萨里轻蔑地回绝了建议。他受了奇耻大辱,起身想离开,永远离开。此时此刻,安瑟伦一句话就让他无法挪步。一句威胁的话。要是洛萨里不同意,他就找个外人,一个陌生人来干这件事。也许,随便找个好色之徒。找个街头的流氓。

洛萨里用手抱住了头。这句威胁的话粉碎了他的坚持。他接受了那个可怕的任务,更准确地说,他假装答应了下来。他要欺骗他的朋友,就像迁就一个疯子。于是,考验的时候到了,独自面对卡米拉的时候,他石头似的站着一动不动。安瑟伦迫不及待地想要知道结果。洛萨里就对他说:卡米拉像水晶一样纯净,好比阿尔卑斯山的雪。她像这个,像那个。她骂洛萨里卑鄙。她拒绝了他的追求,还对他威胁说她要去告诉丈夫。

安瑟伦的脸上却没有开朗起来,反而乌云密布。"叛徒!"他说,"背信弃义的人!我从钥匙孔里都瞅见了。我看到你是怎么糊弄我的。你一动不动地杵着,像个木桩。卑鄙至极!虚假的好色之徒!现在我倒要叫你看看,什么是真正的好色之徒。那些街头的流氓。至少,他们不会说谎。"

洛萨里竭力安抚他,请求他的原谅。他乞求安瑟伦再给他一个机会。一场忠诚的考验。最后一次机会。只是为了不让流氓来搅和。

最后,两人和解了。他们俩设下了圈套。安瑟伦要动身去乡下。洛萨里会在他家呆上三天三夜。这是安瑟伦的命令。卡米拉不情愿地接受了。于是第一天晚上到了。

贝斯弗尔特关上淋浴喷头,像是要听一听罗薇娜急促的呼吸。

只有他们两个人。洛萨里和卡米拉。他们共进晚餐,喝了一点红酒,眼睛盯着灶膛里的火焰。

描述的文字很短,特别短。洛萨里示爱。卡米拉拼死抵挡,但是抵挡不住。卡米拉败了。这段文字残酷无情。唯独"投降"一词出现了两次。卡米拉投降了。卡米拉沦陷了。

贝斯弗尔特肯定,看这一段文字的时候罗薇娜闭上了眼睛。他认识的所有女人,做爱时没有人像罗薇娜那样怀着渴望地闭上眼睛。所以,她一定闭上了眼睛。也许是在想象这段文字的内容,寻求身临其境的感觉。她会为卡米拉的沦陷难过吗?还是有可能相反,迫不及待地……

在"罗蕾莱"明亮的大门口,贝斯弗尔特也不知道是第几次,又问了差不多同样的问题:她喜不喜欢他们正在做的事呢?罗薇娜发白的脸没有给出答案。

最后,他们迈过门槛走了进去,不一会儿工夫,他们就已经在俱乐部里到处走动了。按照规则,她全都脱了,只剩下薄薄的内衣,他穿得更少。他们就这样在雾气里穿行,直到眼前出现了一张大床。他们坐了下来,镇定一下情绪。震惊之余,随着雾气渐渐散去,他们终于看清了自己周遭的一切。四下还有其他的床,空着或者有人。甚至,其中一张上正在做爱。旁边还有人转来转去。女人都只穿着内衣,有的连内衣都没穿。男人穿着沙滩短裤。孤单的人像幽灵一样转来转去。有人给自己的女友送上一杯喝的。一切又平静又和谐。"所有女的里面,你的胸最漂亮了。"他低声说道。罗薇娜用目光示意,阻止了他的话。他又对她说了第二遍。"不仅是胸部。"他补充道。她屈起了一条腿。于是肚子底下一部分黑暗的区域就显露出来。有个男人正激动地盯着那儿,那内裤遮掩不到的地方。"所有的人都想要你。"他低声说。"真的吗?""你就微微露出一丁点儿,已经让那边的那个家伙疯狂了。""我看到了。"她说。但是,她一点儿也没动,丝毫没有要把它遮住的意思。"在古代,我不记得是哪里了,人们在公共场合性交。"贝斯弗尔特说。"啊,真的吗?""那是很严肃的事情,没有任何庸俗的东西,甚至是一种半神圣的仪式,就像现在的庆祝活动一样。"她抓住了他的手。"那么我们呢?""在这里?"他问。她点头称是。"等一下,我心还静不下来。"突然,她颤抖了一下,把腿缩了回去。一个目光温和的人俯下身,正在摸她的脚踝。"别害怕。"贝斯弗尔特说。那人心怀愧疚,温和地看着她。"我觉得这是一个表示,"贝斯弗尔特说,"他请求与你做爱。"她咬着自己的手指。

周围就是那种类似教派的氛围。"我们要不要转一转?"她问。他们一起身,她就抓住了他的手。他觉得由她领着很自然。像维吉尔①一样,他想。他们走着走着,两人的眼睛都突然盯到了一扇门上:"按摩"……

贝斯弗尔特澡洗完了。罗薇娜肯定正在看故事的最后几页。安瑟伦从乡下回来,想知道结果。洛萨里当然对他说了与发生的事情相反的话。安瑟伦觉得很开心。忠诚的考验结束了。洛萨里现在出入他家,就像在自己家里一样了。大骗局获胜了。一切都颠覆了。卡米拉的名誉被抬得越高,她在泥潭里陷得就越深。洛萨里也是如此。直到一天夜里,一切翻转过来。那是一天夜里,更准确地说,是凌晨天还没有亮的时候,被嫉妒蒙蔽了双眼的洛萨里,看到一个陌生人偷偷地从安瑟伦的家里出来。他立马想到卡米拉有了新情人。好色之徒、流氓、淫乱者。他想到了安瑟伦的话,但是这些话有了一层新的意思。

贝斯弗尔特一直觉得故事应该在这里结束。故事的结局——洛萨里对卡米拉勃然大怒,疯狂地报仇,把女仆误当成了卡米拉,两人畏罪潜逃,丑闻,最后,三个人都死了:一个疯癫而死,一个战争中被矛刺死,一个在修道院里郁闷而亡,这些部分贝斯弗尔特从

---

① Virgil(前70—前19),古罗马诗人。

来没有仔细看过。

吹头发的时候他想,罗薇娜一定和他一样,最后几页囫囵吞枣。

他慢慢打开浴室门,倚门望去,她背对着他躺着,目光茫然地冲着天花板。书,在她身旁半敞着。

他们的目光最终相遇了。她的眼睛空空荡荡的,就像怒气消逝之后的样子。他们的交谈,他本以为会兴致勃勃的,实际上却很难连贯起来。最后,她静静地问他为什么给她看那本小书。

他耸了耸肩。"为什么?没什么。"

"贝斯弗尔特,你很少做无用的事。"

"我们就当是有目的吧。那么你说,这有什么不好?有什么险恶用心吗?"罗薇娜没有回答。他说他本以为她都看过了。"《堂吉诃德》吗?当然看过。"在高中,他们在学校里上过课。与风车作战。托波索的杜尔西内娅。但是这一部分她记不得了。

"贝斯弗尔特,你说实话,你让我看这个,是因为你觉得里面有与我们的事情相似的东西吗?我想说的是,和我们两个人相似的东西?"

"相似的东西?"贝斯弗尔特笑了。"不是某个东西,而是全部都很像。不仅和我们相似,和所有人都相似。"他抚摸着她的头发,躺到了她的身边。用最困难才找到的词汇,他努力对她解释道,那个故事就是一个模式,像一种定时炸弹,成百万的夫妇,有意识也好,无意识也罢,都从上面经过。

罗薇娜努力去理解他的想法。它就是一个这么隐晦的文本,所以必须找到解密的关键。"别这么盯着我，好像我有病似的。"

她温柔地摸了摸他的手。

他对她说，他一直很喜欢她像护士般望着他的悲悯眼神。护士谈情说爱的时候那么温柔不是偶然的。但是就像她可能认为的那样，他没有疯。

罗薇娜爱抚着他的手。她从来不觉得他疯了。要是得辨别谁疯了谁没疯，那他们俩就都疯了。至少，他们曾经疯过。

"你是想说在'罗蕾莱'？"他打断了她。

他们又回想起了去那儿的事，并没有装作记不起来那个《疯狂试验者的故事》。这两件事本质上很相似，差不多都能对得上。"定时炸弹"一词也不是偶然蹦出来的。实质上，一切都让人想到另一个世界，但是，那不同于人们熟悉的世界，它是一座另类的地狱，那里没有折磨，没有烈火熊熊的坩埚，那是一个温柔、生机盎然，与基督教诞生前类似的世界。

他们想起了最初的迷茫，走在一片雾气之中，眼前出现的大床就好像一块救生石。后来，第二次探险的时候，他们走到了酒吧，取了杯喝的，再后来，当她走得越来越轻松，丝绸裹着的臀部也轻微地摇摆起来时，眼前才出现了写着"按摩"两个字的房门。

"你要按摩吗？"他更多的是用眼睛示意，并不开口问。她犹豫了片刻。如果他不烦的话……

在她身后门关上了，他走回去找个地方等她。远远地他看见了他们之前的那张床还空着。他坐到床上，又躺了下来，用一只胳膊肘支撑着身体，像孤独的尤利西斯，在大海的轰鸣声中，被海浪抛来抛去。周围，波涛起伏。一对男女来到他身边，他们自顾自说着什么。女的上前一步，俯下身，碰了碰他的脚踝。贝斯弗尔特歉意地微微一笑。他想解释一下，比如，他想说这位女士特别端庄，非常高雅，但是他觉得心里特别烦闷。他低声说了句"I'm sorry"①，但是他们俩低下头还是那么礼貌地对他说了声"再见"，这令他心里确实不是滋味。他一直目送着他们挽着胳膊走远，却没有勇气起身追上去，告诉他们说：我是多么希望和你们呆在一起，我们仨一起呆着，与您高贵的女士和您带着我们奢华的忧郁气息的先生一起，呆在这张命运让你们凑巧经过的床上。他的确感到很心痛，这心痛却另有原因。他一会儿想着罗薇娜，一会儿又想忘掉她。她看起来离他特别远，像是被那个旋转着的世界吸走了，那世界有点像新近拍到的宇宙照片里昏昏沉沉的星系。她可能不会再回来的担忧在他看来是那么自然，就像他曾经想过他们相伴走过了那么多年美好的时光，所以他没什么可抱怨的。他最好看看他为什么会有这种折磨人的麻木感，就好像他吸过大麻似的。也许是那天他太累，压力太大，或者该是时候做做超声波检查了，他的医生曾经坚持要他做的。

　　人群还在倦怠地打着转。一位含泪的女子，手持一枝郁金香，像是在寻找什么人。要是在旋转的人群中看到在欧洲委员会认识的人，他也不会感到吃惊，是他们先给的他这家俱乐部的地址。罗薇娜要晚了。那位含泪的女子再次经过他的身边。这次她手里没有了

---

① 英文，对不起。

郁金香，而是拿着一份类似文书的东西。她在找什么人。贝斯弗尔特觉得，她要是再靠近一点儿，他肯定就会分辨出文书上前南国际刑事法庭的缩写和印章。那是海牙的国际法庭。

法庭的传票！废话，他心想。走开，到别人面前抖去！但是，他还是侧了侧头，不想碰上她的目光。

他这样打了两三次盹，罗薇娜才最终出现了。她像是从云雾里走出来的。来自几十、也许几千光年外的地方。当然她的样子会有所改变。她的眼白冷峻明亮，寒光逼人。里面尽是空虚的所在。她说话也是如此，寥寥几句。

"我回来的时候，你像是神情恍惚。"罗薇娜说，"我还等着你问我里面怎么样呢。"

"我不知道我怎么没问，"他说，"也许我想的是，即使你愿意，也根本不可能说出真相。"

"也许，"她回答，"有时候事情的确如此。"

他深深地吸了一口气。

"事情通常就是那样。特别奇怪的是，世间最美好的情感，爱情，便是如此，比别的任何东西都更难容忍真相。"

"我不知道说什么好。"她说。

"现在不一样了。现在你是自由的。我们俩现在都不一样了。你明白我的意思吗？我们俩已经完全变了，所以现在你可以说了。"

她没有说话，只是一把抓住了他抚摸着她肚子的手，把它拉到了她喜欢的地方。

"你真的想知道吗？"她声音微弱地说。时间过去这么久了，他真的还想知道吗？他们俩的对话，被喘息的声音打乱了，一句句消失得无影无踪。

"现在我明白你为什么给我看塞万提斯的文本。"他们平静下来时，罗薇娜说。

他回答她说他并没有想那么仔细。一开始是出于好奇，因为与"罗蕾莱"很相似，他被吸引住了。其他的东西都是后来出现的。

"你对我说过文本的内容神秘莫测。那么你已经找到揭秘的关键了。"

"我相信我不是唯一有所发现的人。你想要听我说吗？你不累吗？"

"你别说话不算数，"她说，"你答应过我午夜之后的时间还要与以往一样的。"

"的确，我答应过你。"

她深深地吸了一口气。

"这个时间该是妓女向好奇的嫖客讲述她可怜的身世，说她爸爸是酒鬼，她妈妈疯了之类的。"

"哦，够了！"他打断她，用手堵上了她的嘴。他感觉到手掌背后她的嘴唇微微地噘起来，亲了一口，他的心"咯噔"了一下。

十　同一个夜晚，神秘的文本

慢慢地，他开始给她讲自己对文本的剖析。这么大的一个骗局，罕见地用一种如此隐秘的方式呈现出来。背信弃义到处都是获胜的。每个人都在轮流欺骗别人，或者被别人欺骗。最初，新娘卡米拉被自己的丈夫安瑟伦欺骗，因为安瑟伦要考验她。后来，又被他们家的朋友洛萨里欺骗，因为洛萨里同意出演那场戏。再后来，她第二次被洛萨里欺骗，洛萨里已经成了她的情人，却没有告诉她这个故事因何而起。

另一位受害者是安瑟伦，疯狂的试验者。他被卡米拉和洛萨里两个人欺骗了，他们背着他成了情人。

事情颠覆到了这步田地，洛萨里行事正派之时，被当成叛徒，而当了叛徒之后，却被吹捧为圣人。卡米拉也一样。没有不忠之时，被疑为不忠，而真的不忠之后，却被称颂为圣女。

在这个故事里，唯一背叛了别人却没被别人背叛的，看来就是洛萨里了。你是这么想的吗？

罗薇娜不知如何回答是好。"看似如此，"贝斯弗尔特继续说,"但是事情也可能恰恰相反。不忠行为的受害者也可能只有他。"

他接着解释道,故事里有一部分最不可思议了,它是这么描写的:一天清晨,天还没大亮,洛萨里发现一个陌生人从安瑟伦的家里出来。他马上不容置疑地猜测卡米拉有了情人。安瑟伦自己没发现吗?还是安瑟伦把他找来,让他再次考验卡米拉呢?奇怪的是,塞万提斯只给出了第一种猜测。第二种猜测,即使算不上比第一种更合理,那也是差不多的,他却压根儿没提。

于是细心的读者产生了一个很大的疑问:天还没亮的时候,洛萨里在安瑟伦家门前想干吗?他为什么要监视?他怀疑什么?

要是这么想的话,整个文本就颠覆了。请看看新的解读。

安瑟伦和卡米拉订婚后,或者结婚后,发现了性爱的美妙。他们俩彼此非常的默契,以至于众人纷纷视为沉闷无聊的床笫之事,变成了实现他们无穷无尽欲望的圣坛。欲望变得越来越精细,促使他们迫切地寻求着解脱。一切他们听过的或是想象过的性爱方式,他们都努力去尝试。不寻常的姿势,体验,下流话。无所不用其极。和朋友共进晚餐,上市场,星期日做弥撒的时候,他们脑子里唯独想的就是晚餐之后,她手里拿着蜡烛,走到床边,而他,比蜡烛还受尽煎熬似的,等在那里。在强大而黑暗的西班牙,教堂遍地,礼数森严,宗教法庭的密探众多,他们俩却与众不同,体验着少有人认识的激情。激情每个夜晚都把他们送到未知的领域。羞耻的极限被一次次冲破,障碍、禁忌都不复存在。直到有一天他们来到一扇沉重的大门前。"你想和别人试试吗?"长久的沉默。然后有人说："为什么不呢？"接着问道："那么你呢？"又是沉默。然后回答道："说实话，我想。"

就这样，出于恐惧和欲望，他们战战兢兢地开始了重大的尝试。一切令人震惊。特别是如何选择男伴来充当受害者。最初他们想到了洛萨里，但是马上就被两人否决了。他和他们走得太近了。这太鲁莽。他们想找别人，但是也没有合适的。第一个头发太少，第二个有别的毛病，第三个太轻浮，最后一个没有男子气概。卡米拉欣喜地发现她的丈夫并没有耍花招，选择那些不如他的人。于是他们很快又把目光转回到洛萨里身上。卡米拉并不掩饰她认为洛萨里是合适的人选。安瑟伦也不反对。简言之，选择他对他们俩都挺方便的。换句话说，他可以燃起两人的激情。

于是事情成了，该发生的都发生了。唯一不同的是，安瑟伦根本没有离开家。他心急火燎地观察着卡米拉梳妆打扮，迎接另一个人的到来。他感受到了她的迫不及待与对他的如出一辙。然后，他躲在卡米拉知道的地方，窥视着一切。洛萨里对她示爱，卡米拉低下头，他们靠近，第一次接吻。而后，在另一个偷窥点，他看他们上床，脱衣服，卡米拉发出熟悉的呻吟，她苍白的腿做爱后恣意地敞开着……现在他都等不及那人离开，就要和他的妻子做爱了。

几个星期，也许是几个月，一直如此，直到灾难发生的那一天。毫无疑问，发生过这类事情。洛萨里现在作为监视者，他看到有人悄悄地从家里出来，那是完全可信的。令人无法信服的却是塞万提斯所讲的那种情况。也就是说，女仆的风流韵事等等。实际上，从里面出来的并不是女仆的情人，而是卡米拉的情人。

按照新的解读，真相接下来是这样的。

更大的欲望使得卡米拉和安瑟伦很快厌倦了洛萨里。在这种情况下，依照常理，他们寻求着新的刺激。于是安瑟伦一开始预言的情况出现了：他们要寻找新的伴侣。他们就找了。

洛萨里已经有所察觉，所以他起了疑心。正是因为怀疑，他好几个夜晚都去朋友的家监视，直至发现了真相。

戏在这里落幕。与之一同降临的，还有黑暗。严重的状况发生，导致这三个人都殒命了，但是不知道为什么，什么严重的情况，没有交代。

贝斯弗尔特很疲惫，时不时地就沉默一会儿。就像往常一样，他沉默过后只要开腔，眼皮总要朝她抬一抬。

"好奇怪的故事。"罗薇娜并没有看他就说道，"你想知道在'罗蕾莱'里面发生了什么吗？"接着她又说。

他迟疑了片刻才回答。

"我告诉你这个故事，并不是为了那个目的，你相信我。"

"我相信你。但是，我自己想说。"

他感觉他的心被扎了一下。

她说着，眼睛冲着天花板，好像是说给天花板听的。

"在'罗蕾莱'我没有背叛你。"她平静地说。

他们俩谁也没有看对方。罗薇娜叙述了发生的事情，声音单调得像是在对另一个人说话似的。他也冷静地听着，心中悲伤地想：任何好奇都有自己的时间期限，看来，对"罗蕾莱"的好奇已经过去了。她径直走向按摩床，只有"按摩师"才是他们俩，她和贝斯弗尔特所谓的"合适人选"……就像曾经的卡米拉和安瑟伦……按摩和爱抚之间模糊的界限,诱惑,犹豫,抛开羞耻感,最后不知为何,在边缘停住了,所有这一切她都对他描述了出来,精确地令人称奇。

"瞧,这就是全部。"她说,"你不高兴了?"

他没有马上回答,清了清嗓子,咳了咳。

"不高兴?为什么?"

沉默变得令人感到尴尬。

"对发生的事情你感到不高兴……虽然,事实上,什么也没有发生……"

"就是嘛。"他回答道。

她感到胃里一阵空落落的。

"那我可以换一种问法:因为什么都没发生,所以你不高兴了?"

"不,"他断然否认,"也不是因为这个。"

突然,罗薇娜觉得自己被骗了。老问题,她曾经犯过的错,还带着她以为已经与自己分道扬镳的全部焦虑复活了。人往往如此,越是想改正一个错误,越是把它弄得更糟。她沮丧地说道:

"你真的不在乎?"

她气愤地呜咽起来。

"罗薇娜,你听着,"他平静地说,"我不知道怎么跟你说。直到昨天你还在抱怨,因为我的错你没有自由。现在你哭喊着你太自由了。始终都是我的错。"

"对不起，"她打断了他，"我知道，我知道。请你原谅我。现在我们不一样了。我们签了一份协议。你是顾客，我是妓……'应召女郎'，我没有权利……我……"

"够了！"他说，"你何必再演戏呢。到处都在演戏。"

多年前，他也是这么说了句"够了"之后，脸色蜡黄，手颤抖着，就在窗前，揪住了她的头发，而她恐惧地想过：这一天就这么来啦，就在欧洲的中心，我被当成了婊子。

他没有打她，而是自己瘫在了躺椅上，眼神发白，像是他自己被人打了。

现在一切都过去了。只是一瞬间，她觉得她没法掩饰自己，两个"够了"里面她会选择前者，当场她就泪流如注。暴君，她心里想。你装作下了台，实际上你还是暴君。

"时间已经是午夜三点了。"她听到了他的声音，"我们睡吗？"

"好的。"她轻声地回答。

他们互道了"晚安"，一会儿工夫，罗薇娜很惊讶地发现，从呼吸看，他已经睡着了。

这也许是第一次，他睡得比她早。房间里空荡荡的变得可疑起来。白费力气，她想。与他较量是永远不会取胜的。她早就错失了时机，现在已经晚了。她唯一占优势的武器，年纪轻，她还没有用过。就像那是不能使用的违禁武器。

现在他已经脱离了危险。他已经说服了她，他们俩要一起走出来，因为所有那些犹豫和怀疑，我们分不分手，我哪里做错了，哪里没做错等等，就像丢到另一个世界里一样，都会被抛到身后。就像塞万提斯的小说、以前的影片或者是希腊悲剧那样。

她一如既往地，天真地相信了他。于是他解脱了，她从未解脱。他舒缓而残酷的呼吸证明着他的统治地位。

暴君，她暗暗又说了一遍。在即将垮台的时候，他自己摘掉了王冠。"我放弃，我自己下台，谁都无法把我推翻。"

"先下去，再上来，想怎么干就怎么干。我根本躲也躲不开你。不仅躲不开你，连你的影子，你下台时扬起的尘土我也躲不开。我曾经属于你。我接受你的统治，我并不感觉羞耻。我自己不要那个王冠。因为我要的是别的东西：我要当女人，完完整整的女人。让我受苦吧。要是我应该有支配权，那就让我通过受苦来获得吧。"

"女人。"她对自己重复道。

她怎么睡也睡不着。她缓缓下了床，走向他的床头柜。在床头柜上，水杯旁边，放着小小的安眠药瓶。"思诺思，"她读道，"祝你安眠。"

她怀着某种激动的心情，拿起了药瓶。这是他的安眠药。可以使他的脑子镇静下来。

她伸手去拿水杯的时候，看到了什么黑乎乎的东西。半掩着的抽屉里面有一支左轮手枪。

顷刻间她屏住了呼吸。她脑子里乱作一团，想的都是这次隐秘的旅行，在酒店前台登记时用的假名字，说的话，立起来的大衣领子。这是怎么回事？她心里想。但是当时她想起他曾经说过，去阿尔巴尼亚的时候他都要带枪，又立刻心安了下来。

她不再迟疑,从一板儿安眠药中抠出一粒,吞了下去。

她仰躺在床上,等着睡意降临。事情怎么到了这种地步?她想。她连叫他"亲爱的"的权利都没有了。

她竭力不再去想。也许她向这个世界讨要的东西太多了,她心里想。像她这样的女人不需要那么多。

不管怎样,她就要睡着了。她有点好奇,想知道他的安眠药是怎么让人睡过去的。好像了解他睡眠的性质,就能够揭开他更多的个人隐秘似的。

也许,连他的隐秘她也没必要知道。在这种情形下,一个像她这样的女人可能只要知道一件事就足够了。比方说,她需要知道他,贝斯弗尔特·Y,是不是因为她,得吃那种安眠药才能睡得着……如此而已。

当她听到他沉沉的呼吸,思绪绕啊绕,又绕回到安眠药上去了。她觉得凭着这个药,她终于弄透了他的大脑。现在,无论他多厉害,也根本无法隐藏了。

他的呼吸变化着,而她会保持警惕。现在轮到她装睡来糊弄他了。

显然,他一直在等待这一刻的到来。为了不吵醒她,他缓缓地挪了挪。然后,他把胳膊伸向床边的抽屉,而她心里想:这个人脑子清醒吗?

很清楚他想要做什么。她也没必要装作不明白。她听到了抽屉吱吱呀呀的声响,感觉到他伸出胳膊掏出了左轮手枪。上帝,她默默祈祷。显然,最近她恐惧不已,怕自己被杀死在某家汽车旅馆的事情，就要发生了。当时，她脑子里不是想着如何逃脱，而是不停地回想着一首妓女唱的歌曲：

> 要是山涧里、河沟里您找不到我，
> 就到格雷姆汽车旅馆找我吧。

冰冷的枪管抵着她的肋骨，右侧乳房下面一点的地方。尽管安着消音器，她还是听到了扳机扣动的声音，感受到了打进她肉里的子弹。

"这就是他想要的。"她说。

从动静看，她明白他的胳膊又往回动了一下，把武器放回了原处。然后就什么也感觉不到了，她想：太难以置信了。行凶之后，他真就睡着了，像之前那样，侧身躺着。

罗薇娜把手捂在伤口上，不让血往外流。而他还是沉沉地呼吸着。这一折腾消耗了他好多精力啊，罗薇娜想，像是最后一次替他说话似的。

她起身，默默地向浴室走去。在那里她看到了伤口。看起来规则得很，也不可怕，几乎像是用手画上去的。从镜子底下的化妆品里，她找到了通常随身携带的胶布。她把胶布贴在伤口上，当时就镇定了下来。至少她不会像汽车旅馆里的妓女一样丧命。

回到床上的时候，她又说道："太难以置信了。"他还在睡着，就好像什么事也没有发生似的，而她，也仿佛一千年前一样，躺在他的身边。

十一 次日早晨

他没有权利这么做。大多数的早晨,他都不在她身边。因此,那个早晨他没有权利不在她身边。她还没有睁开眼睛,就伸出光溜溜的胳膊找他在不在。他不在。她昏昏沉沉地把胳膊继续往远处伸。她的胳膊伸到了床沿,甚至更远的地方,越过奥地利,伸向了更远的欧洲平原。大城市的名字,像是从令人焦虑不已的老式录音机里传出来一般,闪着苍白的光亮。他根本没权利这么做。肯定他会先走的,会把她一个人孤零零地留在这个世界上,好多好多年。所以从现在起他没必要着急。

终于,她睁开了眼睛,一切立刻变得简单而清晰起来。他在松树林里散步,等着她醒过来。外面斑驳的日光很难穿透百叶窗照射进来。塞万提斯紫红色的小书还在那里,被旧日的秘密折磨得疲惫不堪,奄奄一息。

她听到了脚步声,随后是门把手转动的声响。他俯下身,吻了吻她的额头两侧。他手上拿着当天的报纸。吃早餐的时候,他们俩时不时地瞥一眼报纸的标题。"王后居然病了。"罗薇娜说。

他没有说话。

她放下咖啡杯,给家里打了个电话。"妈妈,我在都拉斯的女友家里。你别担心。"

贝斯弗尔特觉得咖啡越来越有味道了。这个世界有时显得那么美好,有得病的王后,还有撒着小谎的女人。

"你看这儿。"罗薇娜一边递给他其中一份报纸,一边说道。贝斯弗尔特笑起来,接着读出声来:"地拉那供水局的发言人,法蒂梅·古尔斯男爵夫人,要为供水短缺辩护。"

"最近买头衔很时髦啊,"他接着说,"花上一千美元,一觉醒了就是伯爵或者侯爵了。"

"真是胡闹,即使是真的,我认为也没有意义。"

贝斯弗尔特回答说这可不是胡闹。有国际机构代理头衔的交易。整个东欧地区都在为那些头衔疯狂。

"瞧,看这儿,"罗薇娜说,"这个也真要命。"

贝斯弗尔特肯定他有张叫什么沙博·杜拉库子爵的名片——他住在拉普冉克街区,是定做钢化门窗的。他们还谈起过在交警部门工作的一位公爵,还有一位女伯爵,她是一本小册子《阿尔巴尼亚语不规则动词》的作者。

吃完早餐,他们出来在海边散了散步。由于风很大,白天显得很陌生,令人费解。她紧紧地搂着贝斯弗尔特的胳膊,感觉自己的头发怎样打在他的脸上。

她根本不知道,从今往后要不要把每件事都告诉他。她觉得,因为风一直这么吹,他们俩的眼睛已经变成玻璃做的了。就是她想说,也不可能把一切都说出来了。甚至对自己也不可能。

游泳池居然结冰了,她心里想。

铁栏杆围着的游泳池,结了一层薄冰,看着就像眼睛瞎了似的。

午饭他们最后是在餐厅里吃的。整个下午他们都呆在房间里。在床上,做爱前,缠绵之际,他低声对她说起了丽莎的事。对丽莎的好奇,他要么是的确忘了,要么就是装的。她也低声地回答他,他还说没有人比丽莎更了解男人。罗薇娜也同样恭维了他一番。

天渐渐暗下来,她又与母亲通了电话。贝斯弗尔特打开了电视,想听听王后有什么消息。"妈妈,这里很美。我们今晚还要呆在这里。"

她说话的时候,他抚摸着她肚脐四周的肚子。

外面,夜幕正在迅速降临。半夜里,海涛声听起来越来越哀怨。早晨,他们动身离开,连他们自己也不知为何,走得有点匆忙。离地拉那越近,堵车就越严重。在国道和通往西陵的公路交会处,花店显得格外密集。花是给我们所有人预备的,她想。她回忆起他们谈论虚假阴谋家的那些片段。他们中有一部分人应该就埋在那里。所以,至少他们会得到和大家一样的花。

在地拉那的入口处,车辆列队勉强地往前挪动。"出什么事故了吗?"贝斯弗尔特问一位路过的交警。那人回答前,用余光扫了眼他的车牌。"王后去世了。"他说。

贝斯弗尔特打开了收音机。里面的确在说这件事,但是声音格外愤怒。为了什么事情吵起来了。等他们明白争吵的缘由,车子已经开到卡瓦耶路了。是为了葬礼和墓地的事情。国家一贯措手不及。"等吧,等他们向布鲁塞尔的某某委员会告状。"罗薇娜说。等到宣读第一份宫廷声明时,他们已经到斯坎德培广场附近了。王后的追思弥撒下午三点将在圣保罗大教堂举行。关于墓地的事,声明只字未提。政府仍然还未就返还国王财产的事情做出答复,其中包括在首都东南部高地上的私人墓地。

等到宣读第二份宫廷声明的时候,他们几乎已经到罗薇娜家门口了。墓地的事情依旧不得而知。"真是过分!"她一边推开车门,一边说道。

返回的时候,贝斯弗尔特想从大教堂所在的那条路往回开,但是路已经被封了。收音机里正通知说议会将在午后不久召集特别会议。电台还在随机采访路人,让他们谈谈看法。"丢人,这真是丢人。"一位普通市民说。"你就舍不得给王后一小块墓地,这真是疯了。""那么您,先生,您怎么看?""我不太清楚这些事。我赞成每件事都依法办理。王后、总统,所有其他人都得有法可依。""您不会是暗指对独裁者的遗孀也这么办吧?""什么?不,不,不。嘿,小子,别和我扯那些。我们这里说的是王后,说的是重要的问题,不是老百姓骂的几个老巫婆。"

电台中断了采访,通告说是马上要播出第三份宫廷声明。

十二 在海牙，四十天前

一直以来，没有任何迹象表明死前第四十天，贝斯弗尔特·Y，或者是他们俩在海牙。不仅如此，好像为了彻底消除任何怀疑，一切迹象都表明，那一天，他们恰好在丹麦。她的瑞士女友作证的时候常常犹犹豫豫，在这件事情上回答却很明确：就在火车进入丹麦的时候，罗薇娜从包厢里给她打过电话。罗薇娜的笔记本里有几条记录，是旅行前四天写下的，进一步证实了这一点。"日德兰①，萨克索·格拉玛提库斯②，看似发生过哈姆雷特（阿姆莱特）事件的那些村庄……两日游。"

事实上，怀疑他们去海牙最初是因为她的密友丽莎说过的话："让我在那儿也看到你吧！"

基于没有任何车票或者酒店记录，看起来产生与推翻他们去过海牙的猜测同样轻而易举，同时可以把那场旅行归入所谓的内心之旅，即只是旅行者在头脑里假想出来的，或者，像去海牙的这种情况，只是某人为了想看到另一个人坐到被告席上而在脑子里编排出来的，是没有发生的旅行。

所以，显然，去海牙是很容易推翻的，尤其是在证明他们去了丹麦之后，但是在罗薇娜的同班同学，与她有过短暂交往的斯洛伐克人雅内克·B 的日记上，有好几行又出现了海牙这个可怕的字眼。日记中极其晦涩而简短地记述了一个人的噩梦，他觉得贴在电线杆上的一些房屋买卖广告和几张白纸，远远望去很像海牙法庭的传票。

他的另一个日记本的发现终结了此前的困惑。写日记的人言之有理，解释了好多事情，斯洛伐克人和阿尔巴尼亚美女的关系真相大白，其中提到了那场噩梦，噩梦与那个斯洛伐克学生没有丝毫关系，是贝斯弗尔特·Y 做的。

"突然赠我那个大礼的夜晚过后，罗变了。"雅内克·B 写道。虽然他既不想用"烦闷"那个词，尤其不想用另一个词"痛苦"，但他简要地表达出了他的郁闷。

他的记录意思是模糊不清的。话往往只说半截。但是，从中还是可以猜到，当第二天晚上她没有出现在午夜酒吧时，他是多么忧心忡忡。

他喝着酒，努力不在别人面前表现出自己的心事来。几天前，他还半开玩笑地说过："我们这些东欧来的人，已经受了我们该受的苦。现在轮到你们西欧人了，你们来受吧。"

看来有人用眼睛向他示意：亲爱的，任何制度下人都得受苦。

---

① Jutland，北欧一半岛，构成丹麦国土的大陆部分。
② Sako Grammaticus（1150—1220），丹麦编年史家。哈姆雷特的故事可最早追溯到十二世纪丹麦历史学家萨克索·格拉玛提库斯撰写的《丹麦史》。

第二天,她来学校的时候样子已经变了。她解释说有人从她的国家——阿尔巴尼亚来了。她脸色苍白,心不在焉,急急忙忙的。来的是黑手党?贩卖妇女的人贩子?还是情人?雅内克·B对神秘的来人做出了三种假设,连他自己也不知道这三种里他更倾向于哪一种。报刊上铺天盖地全是阿尔巴尼亚黑帮的消息。他们远道而来,带来了威胁,还留下了空虚和恐怖。

雅内克·B小心翼翼地对罗薇娜旁敲侧击,而她眨着眼睛,不明白他到底想说什么。最后,待她明白了他的意思,摇着头说道:"不,不,他完全与此无关,特别是那些可怕的事情……非法交易……"

他特别想晃一晃她的肩膀,问一句"那,见鬼,你怎么了",但是,有东西阻止他那么做。"罗又到午夜酒吧来了。但是再无任何进展。"他们还是像之前那样,在旁人好奇的目光下挨着坐,这些东欧人,你很难理解,谁知道那些独裁统治把他们都怎么了。

有时候女子刚才还兴高采烈的,但是一瞬间她的眼睛就变得若有所思了。一个问题困扰着雅内克:她到底还记不记得他们一起睡过觉?他不知道怎么提醒才不至于冒犯她。"昨晚我终于对她说:你还记得那个夜晚有多美妙吗?我们俩第一次在一起跳舞,然后……"

等待她回应的时候,他的血都凝固了。她的睫毛突然显得又长又重地耷拉着。最后她抬眼说道:"是挺好的。"但是她说得太平静了,不冷不热地,像是在谈论一幅画作。他暗自想,该怎么样就怎么样吧,他还提起了那个远道的来访者。罗薇娜垂下了双眼,但是在他看来，正好相反，他提的问题丝毫没有惹恼她。于是他壮起胆子，说道："你就没法不想他吗？"

他把话说得很温和，近乎是在轻轻地低语。等她抬起眼睛，眼睛里不但没有半点愠气，目光中还充满了感激。"你太傻了，怎么会不明白她只愿意谈论他呢？"

"我喜欢复杂的男人，"她沉默了好一会儿才说道。"在什么方面复杂？"他问。她的回答是："在各方面都复杂。"

他的脑子里又旋即出现了之前的猜测。那个人卷入了危险、见不得人的勾当？很多女人与罪犯谈情说爱。最近很时髦。

她手转着头发梢，像个谈恋爱的高中女生。"他很复杂。"她接着说，像是自言自语。雅内克心如刀绞，因为他以为自己看到她眼眶里一片湿润。"一天夜里，他睡觉时做了噩梦，大喊起来。"她继续说。啊哈，瞧瞧，雅内克想。要是这么着在女人眼里分量就提升了，睡觉的时候他也可以拼了命地呐喊。他只是这样跟自己逗逗能，却什么也不敢对她说。甚至，他还眼神专注地听着那个人的噩梦，在那个很有名的梦里，柱子、公共汽车停靠点和杨树上，贴着海牙法庭的传票。

"别人看到我们那样窃窃私语，一定以为：感谢上帝！他们又和好了！"

几天之后，在日记里雅内克接着往下写，提笔就用了"发现"和"耻辱"这些词。

"我有一个发现，它同时也是我的耻辱。很奇怪的是，这种耻辱丝毫不让我恼怒。就像人家说的：把耻辱当成家常便饭。"

斯洛伐克人惊奇地发现，那个神秘的来访者，曾经被他当成自己与罗薇娜分手的罪魁祸首，现在他恰恰让罗薇娜与自己更亲近了。

雅内克低下头，他还接受了在很多人看来更大的耻辱：他和一个女人约会，条件是陪她聊另一个男人！

当然，条件从来没有明确讲过，但是他猜得出来。她跳过其他的话题最终说到"他"的那种迫不及待老早就显露出来了。她并不掩饰他们在一起有些年头了。她讲述他们一起旅行，一起去过的酒店和冬季的海滩。她从未说过他们正经历一场危机，但那是显而易见的。

"难以置信的事情发生了！我们又睡在一起了！"

比她的投降更难以置信的是此后情况没有丝毫的改变。甚至，相反的情况出现了：既然她对他投降，她就有权利心安理得地向他讨债，这看起来似乎更加理所当然了。

"现在什么希望也没有了……"两天之后他在日记本上写道。

的确毫无任何希望，事情不会有什么改观。她的身体还和从前一样躺在他身边，但是她的人从来不在那儿。她的脑子还和过去一样，会想着别处。而他不得不为此一一埋单。无论他是否愿意，他都得遵守协议：听她谈论那个不在场的坏家伙，那个他比谁都更有理由憎恨的人。

他希望，他们渡过危机之后，她就不再需要倾诉了。他猜想着之后的情况：协议会失效，与之相关的一切都不复存在。

实际上也是那么回事。他们见面越来越少，后来就不见面了。

他努力去适应这种糟糕的情况。现在他们还是朋友。"你们又在一起了?"一天他问她。她点头称是。但是,一丝希望支撑着他,她要是又遇上危机,那么他还会忍辱从中获益。

他多少轻松了些,心里怀着这种新状态带给他的某种苦楚,谈起了阿尔巴尼亚黑帮的消息。最近有关他们的消息又多了起来。她不屑一顾地耸了耸肩。

很久之后,在一家咖啡馆的凉台上,当她提起了贝斯弗尔特·Y,斯洛伐克人才突然问她:"他为什么害怕海牙呢?"

她笑了。"他怕海牙?我不太相信。""我是说,他害怕去海牙。"她摇了摇头,予以否认。"我要说的正好相反。我们要一起去海牙玩。我们要去荷兰,看看郁金香花田……""但是荷兰,不单是郁金香花园,还是一个大法庭的所在地……它扰动着人沉甸甸的良知。""哦,我明白你要说什么,"她回答,也不掩饰心中的气恼。"现在你给我听好了:我们是去那儿玩的,是去看郁金香的……""那你也给我听好了,"他叫嚷起来,"他在梦里看到的不是郁金香广告,而是法庭的传票……"

两人怒气冲冲地对视着,默不出声。"你怎么知道?"她冷冰冰地说。他没有回答,而是用手捂住了脸。"对不起,"他声泪俱下,"对不起,我怎么也不应该这么说的。"

他把手放下来的时候,她看到他真的在哭泣。"我太恶毒了,"他接着语不成声地说,"嫉妒让我昏了头。所以我不知道自己在说什么。"

她直等到他平静下来,才握住他的手,温柔地问道:"你怎么知道他在梦里看到了什么？"

他的双眼拭去泪水之后，显得更大，更加无助。

"你自己对我说的……当时你想证明给我看，他有多么复杂……"

她什么也不说了，只是咬着下嘴唇，心里想：哦，上帝啊！

这些就是雅内克·B的记录。几年之后，这些记录促使她的瑞士女友从另一个角度重新回忆了她与罗薇娜的简短通话，当时罗薇娜正在北国之行的途中。事实上，当时有个在她看来口误的细节，就是打开整个海牙谜团的钥匙。"喂，宝贝，是你吗？""你打给我真是太好啦。你从哪儿打来的？""你能想象吗？我从丹麦给你打的，我在一列火车上。""哦，真的吗？""我去找贝斯弗尔特。""哇噢，太棒啦。""外面有风车，还有郁金香花田。""郁金香花田？……""我是想说，几朵像郁金香的花……我不知道它们的名字。""没关系。也就是说，你们又在一起了。""喂……现在我听不太清楚……再见，宝贝。""再见。"

"我太白痴了。"罗薇娜一边说，一边挂断了电话。一个这么简单的嘱咐她都很难做到。"这趟去海牙的事你别告诉任何人。"贝斯弗尔特对她说过。她愉快地问："为什么？"他也语气愉悦地回答："没什么，我也是突发奇想，咱们来趟秘密旅行。我想每个人一生中至少来一趟神秘的旅行挺好的。"她喜悦地答道："好啊！"

第二次通话的时候他对她解释说，在这种情况下，避免混淆的最佳方式就是，如果有人问起你上哪儿去，你就找个地方代替。比如说，用丹麦来代替荷兰。"那么，我们假设，就去趟丹麦吧，去看看哈姆雷特的故事真正发生的地方。既然我们谈到了这个问题，你有笔吗？那么你记一下，日德兰，这是地区。萨克索·格拉玛提库斯，丹麦的第一位编年史家。要写成希腊字母'x'，再写两个'm'。这样就行了。犯不着没完没了地扯那些'生存还是毁灭'的问题，好吗？"

我太傻了，罗薇娜心里又暗暗想。她竭力忘掉自己的口不择言。她那么精心地为那趟旅行做了准备，实在不值得为这点琐碎的事伤神。除了新内衣，她还预备了另一个惊喜：两个小巧的文身，一个在肚脐与胸部之间……另一个在屁股上。这样，无论用哪种姿势做爱，都能看见其中一个。她觉得自己还有满腔的情话，却不确定是否有资格说出来。

火车单调的声音令她昏昏欲睡。你累死我了，她一边心里说，一边想着那个等着她的人。

一首歌的歌词不时回荡在她的耳边，也许她真的听过，但是更有可能是她在脑子里编出来的：

> 要是我能再活一次，
> 我还要再爱你一次。

再活一次，她想。说起来容易。直到现在谁也没能再活一次。也没有机会在另一个世界里继续爱某个人。尽管如此，人人都没有放弃。他们俩也不会放弃。对于这片生命的禁区,他们已经有了某种淡淡的、隐隐约约的感觉。但是他们对此心怀恐惧,尤其害怕某个过分的举动会触怒上天,于是就装作并不相爱。

打了个小盹之后她微微一笑。在她还是小姑娘的时候,她就喜欢这样骗自己,拿各种事情来讨好自己。

这一切太神秘了,她心里想。雅内克·B又要天马行空,胡乱猜测了。仅是一半的猜测也会让每个去和恋人约会的女人担忧起来……"一点都不要跟人提这趟旅行。火车票,任何其他的痕迹你都得销毁。以后你会明白原因的。"

扩音器里响起了荷兰语,然后是英语。他们就要到海牙了。第三次她给他打了手机。但是和之前一样,他没有接。

她很容易叫到了出租车,很快就到了酒店。酒店有一个佛兰芒语的名字,没有皇冠。

在前台服务员对她说,贝斯弗尔特·Y只吩咐他们把她送到房间,并没有给她留什么话。他人不在房间。

她在大屋子里到处看了看。屋里放着两个手提箱。浴室里有剃须刀和他常用的须后水。小茶几上摆着一束鲜花和酒店经理写的英文欢迎卡片。而他,一张便条也没留。

她瘫在其中一张扶手椅上,呆呆地坐了一会儿。萨克索·格拉玛提库斯,日德兰……无论如何,他可以留个标记的嘛。几点钟我会回来。或者简单地写上:"在房间等我"。

她的眼睛,不由自主地,盯到了电话上。她起身又要去打电话,但是,突然,她觉得其中一个手提箱从来没有见过。另一个手提箱也很陌生。一个念头冷冰冰地闪过她的脑子，会不会他们错把她带到了另一个房间。为了打消疑虑，她飞奔到浴室，但是她的安全感顿时消失了。很少男人用同款须后水吗？

她逐一打开衣柜门，柜子里他一件衬衫也没挂，而通常他到酒店后就会把衬衫挂上的。她又看了看那两个手提箱，不假思索地拉开了其中一个的拉锁。她还没看到什么东西，一个大信封就滑了出来，落在床上。她本想把信封放回去，可是一沓照片从里面掉了出来。她弯下腰，颤抖地伸手去拾照片，却立马尖叫起来。其中一张照片上是一个血淋淋的孩子。其他的照片也是如此。她以为他们错把她带到了一个连环杀手的房间，接下来的问题就是她该怎么办。呼喊"救命"，马上离开房间，打电话报警。

应该没有任何人知道你来了海牙……她又弯下腰去看那个信封。信封上收件人的地址是：贝斯弗尔特·Y，欧洲委员会，危机处理办公室，斯特拉斯堡。

是他。

上帝，她想。惊惧之余，她感到某种轻松。至少，他的确在欧洲委员会工作。信封上的地址表明了这一点。照片看起来是有人寄来的。也许是要勒索。为了提醒他什么事。

电话铃声吓得她浑身颤抖。她清了清嗓子，才拿起了听筒。是他打来的。她听他说话断断续续的。他请求她原谅，但是他还要晚一点才能过来。"出事了。"她说。"哦，真的吗？""在电话里我不能说。""听声音我感觉到了。你最好出去走走。城市很舒服。五点钟我会到的。"

她照他说的做了。外面一切看起来更轻松,更不真实。她走在一条的确令人心旷神怡的街道上。刚才所有的疑虑,现在看起来都太疯狂了。毫无疑问,她刚才情绪不佳。第二次她觉得听到有人说阿尔巴尼亚语。她听说过精神崩溃往往是先从这样的幻听开始的。

她站在一扇橱窗前,第三次听到身后传来同样的声响。她呆呆地站着,直到声音渐渐远去。此时她才扭过头来看。一小拨人吵吵嚷嚷地走远了。她从来没想过在海牙会有这么多阿尔巴尼亚人。也许这也是贝斯弗尔特要求保密的原因。

一看到前面有咖啡馆,她就走了进去。透过大玻璃窗望去,街道显得更加漂亮。后来她听到有人说阿尔巴尼亚语,再不觉得惊愕了。他们像往常一样高声说话,乌烟瘴气的。她听到了"今天的会议"这些词,还有骂人的话"放屁",紧跟在米洛舍维奇[①]的名字后面。一切越发清楚了。那附近应该就是国际法庭的楼。

她头也不回地呷着咖啡。一瞬间她好像看到不远处有一张熟悉的脸。那人独自坐在桌旁,流露出对外国人吵吵嚷嚷说话的好奇。她肯定在哪里见过这张脸。突然她想起来了。那是位知名作家。换作别的时候,和他说说话她会觉得很自然,因为她在这位作家的家乡澳大利亚读过书,但是一想到他支持塞尔维亚的立场,她的冲动消失了。

贝斯弗尔特一定在国际法庭里。这样就可以解释与传票有关的

---

① Slobodan Milošević(1941—2006),前南斯拉夫政治家,1999年科索沃战争期间任南斯拉夫联盟共和国总统,2001年被移交海牙国际法庭受审,2006年死于狱中。

噩梦，还有他睡觉时候的大声呼喊，尤其是秘密的事情。

她想象着在国际法庭迷宫般的楼里，他在某个地方耽搁了。时钟走得很慢。澳大利亚作家旁边的桌子又坐上了吵闹的顾客。他点了第二杯咖啡，然后看起来还和刚才一样，开始仔细地听旁边的人说话。

罗薇娜更愿意想想酒店的床。就像在火车上，她觉得她身体上的文身几乎活起来了。它们两个哪一个会打败另一个呢？她隐约地想起了历史上几场又漫长又令人烦闷的战争。那些战争以花朵或昆虫的名字命名，玫瑰之战或者双蝶之战。

在火车上，想象着屁股上的文身，她时不时感到晕眩。她确信他会喜欢的，特别是他们很少用那种姿势做爱。

她懒洋洋地又点了一杯茶。孩子的照片现在已经远去了。时钟的指针像是从梦中醒来似的，正匆匆赶路。她觉得时间已经很晚了。

一个小时后，在酒店的床上，这种感觉她还是挥之不去。他们做了爱，几乎没有提任何她想过的那些事。就连文身间的相互较量也发生了变化。"你对我说出事了。""是真的。只是我讲起来不太容易。""我理解你。起初很多事情看起来都是那样。然后……""然后怎么了？""世上没有不能说的事。""我是这么想的。""或许因为你是女人。""也许。""这段时间你都干了什么？""你是说我们没有见面的那段时间吗？"她本想叫嚷："我做过什么？我什么也没做，也就是我什么都做了。"她是这么想的，但是嘴上却说:"为什么你想知道?"

"随便你,想说就说,"他平静地对她说,"这个我们早就不计较了吧。"

抵达酒店之后,她很害怕,以为房间搞错了,也就是,她进了另一个人的房间。她觉得他的手提箱也搞错了,但是须后水是一样的。但是很少男人用同款须后水吗?她赶忙告诉他这些,并暗自希望他能多少明白她话里的意思。

她又压低了声音,讲述她是如何确定是他的,至少她要认出一件他的物品才行。于是她做了件通常不会做的事:她打开了其中一个手提箱的拉锁。

她觉得他听得一点都不认真,心里想:这样更好。但是,她不敢再往下说了。

"我们休息一会儿?"他说,"我今天一天太累了。我想你也是吧。"

从他的呼吸来看,她知道他已经睡着了,她觉得自己又能清楚地想事情了。在脑子里,她想象着自己对他说打开手提箱后发生的事,可怕的照片,她恐惧的心情。然后,她平静地问他做梦看到的传票是不是真的令他恐惧?要是那样的话,他和那些被杀害的孩子有什么关系?还有,到底为什么他们要像两个可怜的罪犯似的,偷偷地来到这儿,来到海牙呢?

她多少轻松了些,迷迷瞪瞪地睡了一会儿。有几次她竭力地猜测着他的回答。她想到了最坏的情况:他阴沉着脸,目光冷若冰霜。"你凭什么问我这样的问题?你只不过是个妓女。一个高级妓女，仅此而已。"

他们下楼吃晚餐之前，她比平日里花了更长时间在镜子前梳妆打扮。在餐桌上，他近乎惊讶地凝视着她。罗薇娜注意到晚餐桌上的蜡烛与男人有着神秘的关联。它们既是男人的同党，又像是女人的盟友。它们一边向女人大胆地表白仰慕之情，为她们融化自己，一边激励着男人效仿它们。

"你现在变得更漂亮了，"他低声说道。

罗薇娜目不转睛地盯着他。

"你说得有点痛心似的，还是我觉得你有点痛心？"

"痛心？为什么？"

罗薇娜慌乱起来。

"好吧你瞧……瞧瞧现在……现在我们不一样吧……实际上，我想说……你不会想要我现在变得更丑吧？……"

"哦，不。一切我都可以要求你，除了这一条。"

"实际上，我并不想说这个……我想……实际上，我想问你点事。在酒店里，你睡着的时候，那些问题折磨着我。"

像是害怕失去勇气似的，最终，她急急忙忙地把所有的怀疑都对他和盘托出。他的脸有一阵阴沉沉的，就像她想过的最糟糕的情形。"你凭什么对我这样刨根问底？你就是个妓女而已。""你没资格那么说我。你真把我当成了高级妓女，但是你曾经是我的丈夫。"

虽然最后的这些话一句也没讲出来，但是她吓得一直喘气。

她像以前一样感到害怕，但是并不是怕他，而是畏惧真相。

他思索了很久才回答。打开手提箱的拉锁之后,滑落出来的确实是被杀孩子的照片。但是并不是她想的那样。他们是塞尔维亚孩子,是北约轰炸时被炸死的。

罗薇娜迷惑地听着。她咬着嘴唇,不时地说着:"对不起!"

她没什么可求人原谅的。要是每个手提箱里都是这样的照片,那才恐怖呢。她有理由有各种猜测,也包括怀疑他,贝斯弗尔特·Y,是一名杀害孩子的凶手。事实上,照片被寄给他正是由于这个原因。他们指认他是凶手。

她害怕地握住了他的手。他的手指显得更长更细了。他说着话,就好像她不在场似的。正在发生的事情太难讲清楚了。那是一场令人惊悚的照片竞赛。被炸弹撕裂的塞尔维亚孩子。被刀肢解的阿尔巴尼亚孩子。双方都把照片寄到了各种办事处、各类委员会。可怕的争议接踵而至。死亡有没有等级区别?一部分人坚持每个孩子的死都是无尽的伤痛,因此这种悲剧不应该有等级之别。其他人则不这么看。一个在交通事故中死亡的孩子与被空袭炸死的孩子是两码事。而这两种情况与被刀肢解的婴儿更是相去甚远。他们被人用手肢解了,你明白我的意思吗?不是被不长眼的炮弹炸死的,而是被人的手肢解的?八百个阿尔巴尼亚婴儿,在母亲的眼里他们个个就像小牛犊一样,走向了屠刀。真是令人发指。这是世界的末日。

他说话的时候,餐桌上的蜡烛轻轻地晃动着。她真想蜡烛能让他分分神。

晚餐后,在午夜酒吧里,她提到了文身,文身师曾经问她为什么想要这样的文身，她说是为了怀念某个人，一种承诺或是别的什么。

不同以往，他没有打听那个碰了她身体的人什么更多的情况。显然他脑子里还想着餐厅里的谈话。

罗薇娜想，要不把他想的事情弄个明白，他们可能很难谈论别的事情。她又对他提起了照片和令人惊悚的竞赛，然后才问道，为什么他虽然不觉得自己有罪，却给人感觉像是问心有愧似的？

他冷笑起来。

"因为我是一个公民……也就是说，国家的一切，我都不能漠不关心……"

罗薇娜不明白他想说什么，但是她没有表现出来。

他像是感觉到了，继续低声说，尽管他说的是阿尔巴尼亚婴儿，但是塞尔维亚孩子也令他心痛。但是在巴尔干这儿，不幸的是，并不是这么回事……在餐厅里，她问过他为什么他们要像两个罪犯似的，偷偷摸摸地来到海牙。她应该知道，他从来没有收到过法庭的传票，只是在噩梦中收到过一两回。即使他收到了传票，他也不会听从法庭的命令，他只相信别的，那就是他的良知。大家必须到海牙来，就像大家都要上阴曹地府一样。每个人都是为了自己的灵魂。沉默中忽明忽暗的灵魂。

罗薇娜的脑子里闪过澳大利亚作家的胡子和他呆滞的双眼，他坐在咖啡馆里，四周都是阿尔巴尼亚顾客。

贝斯弗尔特一边说话，一边四下寻找着侍者，看来他想要点第二杯，也是最后一杯威士忌酒。

午夜过后，在床上，做爱前，他想起了文身师。"他举止文雅吗？英俊潇洒吗？还是个好色之徒呢？""都有点。"她回答。他犯了在这种情况下每个男人都犯的错误：虽然他们都明白文身与将来的艳遇有关，但是他们喜欢当成女人在为他们自己神魂颠倒。

像大多数时候一样，罗薇娜的话只讲了一半。她去浴室的时候，他打开了电视，挨个地换着频道。大多数都是荷兰语的台。在其中一个台，他感觉自己听到了阿尔巴尼亚的名字。他又搜了一遍，直到找到了英语新闻频道。"王后死了。"他对走出浴室的罗薇娜说。她看似没有听清楚。"不是荷兰的，而是阿尔巴尼亚的王后死了。"她惊讶得眉毛弯成了半弧形："几个月以前发生过的事情，你不记得了吗？我们当时在都拉斯的汽车旅馆里。""我当然记得。但是这是另一位。她不是国王的母亲，而是他的妻子。""哦，"她对他说，"太奇怪了。"

屏幕上，黑色的灵车车队缓缓地从地拉那大教堂门前驶过。

贝斯弗尔特一边替她盖上裸露的肩膀，一边多少也表现出了同样的惊讶。"在这么短时间内，接连有两位王后去世，对这么小的前斯大林主义国家而言，太……"

她打了个寒战，抱紧了他。

十三　最后七天

在翻车前的一周，很难说清楚他或者她是否有过不祥的预感。星期一，一得知他要来，罗薇娜就去妇科医生那儿做了例行检查。"您的阴道状况很好。"医生对她说。"这真令人高兴。"罗薇娜回答道。随后，连她自己都很吃惊，她又说："我的恋人星期六来。"

医生虽然一直替她看病，但是也很吃惊。"您的那位太幸运了。"她穿衣服的时候，医生对她说。（我想这只是一种不冒犯病人的方式，当后者讲的话无意间已经超越了看病的范畴。）

她出来的时候，觉得脸颊仍然羞得发烫。一路上下着雨，冷飕飕的。她一看见咖啡馆就钻了进去，点了一杯咖啡。"白痴，"她对自己说，"究竟什么时候才能不重蹈覆辙，对什么人都把秘密抖搂出来，大大咧咧地，没什么必要吧？"

她反驳着自己的想法：不论如何，妇科医生是女性最私密圈子里的成员。上个月，她还大胆地恭维他的专业能力。当时检查一结束后，他就问她："您开始用避孕套了吗？"

罗薇娜疑惑起来。这个问题，换在其他时候，听起来一定是世界上最普通的问题，但是那一刻在她的脑子里却突然有了别的意思。"您明白吗，医生，我……"他眼神带着几分惊讶地听着，几乎什么也没听懂。用德语说突然让她捉襟见肘，她竭力解释她还是有恋人的，这个人他也知道……也就是……怎么说……通过……她的阴道……认识了他……和那个人在一起的时候她不用防护……但是，和他约会很少……非常少……正是因此，促使她有了另一段关系……非常表面的……过渡性的……

"小姐，"医生终于打断了她，"这是您的私生活，我从来不想干涉。"（无意间，我成了道德的说教者，在我面前她还得辩解，我惶恐不安。我严厉地重复道，这些事情我一点也不感兴趣，我的工作只是看看她阴道的情况，里面黏膜出现了一点轻微的炎症，显然是避孕套的乳胶引起的。）

尽管大夫可能没有说，但是他肯定参与了绿党运动，罗薇娜一边呷着咖啡，一边想。在这一点上，她说的话，那些刚才她觉得很白痴的话，可以有某种解释。她想和他分享……他对绿党的看法，分享一个好消息：她自然的……恋人就要来了。

尽管看起来难以置信，但是那时候，一千公里之外，贝斯弗尔特·Y一边看着电视新闻，一边脑子里有一搭没一搭地想着罗薇娜白皙的肚子，想着她有没有可能怀孕。在屏幕上，教皇约翰·保罗二世显出从未有过的疲惫。尽管如此，没有人寄希望于他可以在男女性交问题上做出任何让步。一切还将和一千年前、四千年前，甚至两万年前一样按部就班。他数着还剩几天他们能见面，"七"这个数字在他看来太大了。在咖啡馆里罗薇娜拨了瑞士的区号，但是瞬间她想起来现在是打电话最贵的时候,她想还是晚一点再跟她的女友通话。

　　外面雨越下越大。路遇狂风暴雨的行人像是害怕得竭力四处逃命。其中一个人被风吹得大衣乱舞,看上去像是在不断地变换着模样。屏幕上教皇刚下场,阿拉伯恐怖分子就出来了,他们正在威胁一个跪着的欧洲人质。贝斯弗尔特·Y闭上了眼睛,他不想看到枪击。罗薇娜不假思索地又拨了瑞士的区号,但是她马上想起来时间还是不合适。那个路人,身上大衣鼓鼓囊囊的,挑衅似的几乎贴着咖啡馆的大玻璃窗走了过去。一时间他看上去就要变成贴在玻璃窗上的薄饼了,直到他自己落下来,走远了,又好似被卷入一阵黑色的旋风里。这么看起来,也许他就像柏拉图所说的阴阳人,她想。他们最近一次通话时,贝斯弗尔特和她说过这个。起初她被逗坏了。"看啊,看啊,"她边说边笑,"这种人简直太稀罕了,雌雄同体,再用不着'你爱我、你不爱我、你甩我、我甩你'这么来回折腾了。""所以神仙都得嫉妒他。"贝斯弗尔特说道,"就是因为嫉妒,他们把阴阳人劈为两半,从那时起,按照柏拉图说的,这两半永远在寻找着彼此。""太痛苦了。"她说道。突然她想起了一首歌,说的是两辈子爱情不变,但是歌词被篡改了,就像多年前在地拉那一家酒吧的门口她听一个醉鬼唱的那样:

　　即使我能够活两辈子,
　　我一次也不会爱上你。

罗薇娜感到很紧张，于是她第三次拨了瑞士的区号。"什么令人作呕的消息啊！"一千公里之外，贝斯弗尔特·Y一边关上电视，一边暗暗骂道。

暴风雨暂时平息了，随后又肆虐起来，但是这次没有下雨，像是只有干冷的狂风。罗薇娜勉勉强强回到了住所的门口。她上楼进了房间，关上窗户，呆立在玻璃窗前。狂风时而怒号威吓，时而哀嚎痛哭，像是乞求怜悯。天一半黑得发亮，另一半白得炫目，硬纸板、各种各样的垃圾、油纸，散乱得飞来飞去。那里我们什么都能找到，她想。徒有外形，里面的东西早就不见踪影，在那场狂风中转着。就连她的文身也已经发白了，也许这两半东西，他的一半和她的一半，被残忍地切开了，正在寻找着彼此。

晚上，电视台的消息报道了暴风雨破坏的景象，其中提到了一家地方的老剧院，风把剧院的道具吹跑了。两件哈姆雷特的大衣，一件是一七五九年演出时用的，另一件是一个世纪之后演出时用的，都堪称特别珍贵，所以剧院承诺给找到它们的人报酬。"什么疯狂的消息啊！"贝斯弗尔特·Y关上电视时，又说道。

像往常一样，午夜过后，他躺下睡觉。天快亮的时候，他被一个梦弄醒了。

一种从未经历过的兴奋眩晕的感觉令他完全瘫软了。他又伤心，又失望，但是到了难以容忍的程度，反而又生出一种无边无际的甜蜜来。

这是能记得住的那一类梦。在一片不知从何而来的苍白得发亮的平地中央，有一座石膏和大理石建造的大楼，既有点像陵墓，又有点像汽车旅馆,他静静地朝它走去。

他是第一次看到这座楼,但是大楼对他而言并不陌生。他站在大楼的门窗前,那些门窗不太像门窗,更多的只是标记出它们曾经所在的地方。如今,还涂上了一种和石膏颜色相同的油漆,勉强才能辨认出来。

他感觉他知道为什么自己在那里。甚至,他知道什么被锁在里面,因为他高声喊着一个名字。一个女人的名字,虽然他自己喊着,但是他却听不见,也不知道喊了什么。喊声从喉咙里发出来,很微弱,很沮丧。他只是感觉到名字是三个或四个音节。某种"x-z-y"的组合……

他想把奇异的梦继续下去,但是眩晕和兴奋的感觉又令他无法忍受。

他打开台灯,看了看表。已经四点半了。他觉得那些看似不会忘记的梦也有可能之后会消失的。

早上,打第一通电话的时候,他就要把梦告诉罗薇娜。必须告诉她,他平静地想。

那个打电话的想法使他安静下来,马上就睡着了。

第三部分

一

贝斯弗尔特·Y 和罗薇娜·St 的生活故事，在真正结束一周前，与被暴风雨吹得乱飞的那两件大衣一起，离奇地终止了。研究员在注解里反复表示，他不可能按照调查的结果写出他们故事的全貌，而只能把精力集中在这对情侣死前的四十个星期里。于是，故事的结尾就出现了被狂风吹走的两件哈姆雷特的服装，这是未曾预料到的，因此也不太可能把它视作一个象征性的结局。贝·Y 天快亮的时候做的那个梦，那个几个小时之后他在电话里告诉罗薇娜的梦也是如此。另一个原因也有可能造成这一点，即尽管承诺在先，但是最后一个星期——这种情况下最令人迫不及待的内容，并没有囊括在他们的故事中。

研究员越是执着于此，这最后一个星期就越是让他倍感压力，同时最后一个星期是不完整的，这看似简单，也变为了主要原因。这个星期的一部分，更确切地说，是死前的最后三天，自行脱离出了日历表。就是这三天，贝斯弗尔特·Y 向欧洲委员会的办公室告了假。除了最后打电话口头请假之外，那三天在任何地方都没有留下蛛丝马迹。酒吧的侍者、酒店的服务员，他们的证言也越发云里雾里。酒店房间没有打出过任何电话，两人的手机也关了。让人觉得这三天不是他们的，而是别人的，三天里他们可能徘徊在宇宙之中，恰巧滞留在杳无人烟的地方，而现在他们要投身到不属于他们的某种生活中去。于是他们变得陌生，既不与人联系，也不为人所理解，他们栖身之所的生命主宰者也无法理解他们。

在另一份记录里，研究员努力地解释着星期和日期奇怪的排列顺序，他把这种顺序称为"小螃蟹式"。他觉得，这种倒叙（按死前四十天，或者七天，而不是人们普遍习惯的死后多少天来记录），在某种程度上，一直促使他呈现出两位恋人时间上的整体颠覆感，如果可以这么称呼他们为恋人的话。

当他靠近零天的时候，在这个颠覆的世界，零天怎么都无法理解：是结束，是开始，是两者都是，抑或两者都不是，所以零天的到来，可能会增添研究员的恐慌。身处根本无从掌控的漩涡面前，他就在这个始料不及的时候，撤到了一边。

放弃最后一周给研究员造成了巨大的痛苦，这从案卷夹里为此搜集的材料可以清楚地看出来。里面堆放着的东西乱七八糟，密密麻麻，到了令人无法忍受的程度：各种各样细碎的其他描述和证言，文书，记录；两份同样要求重新进行罗薇娜尸检的申请以及遭到她父母严词拒绝的内容；一份请求打开在地拉那的贝斯弗尔特·Y墓的申请，这一回被接受了；丽莎·布鲁姆博格提出的质疑，这一回她怀疑罗薇娜不是被情报部门，而是被贝斯弗尔特·Y在十月十七日夜里天快亮的时候杀害的；《信使报》上质疑那天早晨天气预报的复印件；最后还有三天假的许可，那是他在这个世上最后提出的请求。

研究员不断地琢磨着那张许可，希望从里面能解读出别的东西。他脑子里一直想着很久以前他的一位同事第一次跟他讲起调查时说过的话。调查司法案件时，英国人常常翻阅史书，穆斯林往往查阅《古兰经》，非洲的新兴国家则查找《大不列颠百科全书》，而巴尔干人，他们不费吹灰之力，就能在他们的史诗里找到几乎所有的先例。三天的假，通常是要去干还没干的什么事吗？这肯定会符合某个著名的范例。

实际上就是那样，一种陈词滥调。巴尔干一半的史诗都充斥着这类东西。看起来所有人都赶着寻求一个期限。有些人与死亡较量，另一些人，晚一些的，没那么伟大的，他们请求走出囚禁自己的监牢，这种情况延续至今，就像今天的贝斯弗尔特·Y向欧洲委员会的办公室讨要了假期。它们形式上可能五花八门，实质上都有不变的东西：一个隐秘的交易，谁也无从逃脱。

研究员呆呆地听着。瞧啊，贝斯弗尔特·Y请的假，在专家看来，很像那个什么阿格·于梅尔请的三天假，尽管后者走出的是中世纪的监牢，而前者离开的是布鲁塞尔的危机处理办公室。

研究员想象着阿格·于梅尔骑在马上，奔向教堂，在那里他的未婚妻就要和别人结婚了……他从来没听说过如此前后矛盾的事情。不明白为什么要给他假，又为什么假期结束后他还要回到监牢之中。除非其中的含义像密码一样被隐藏起来了。

研究员感到胃里空空如也。为何在他看来这些明暗之处如此相似呢？他又想起了出租车司机和车里的后视镜，在后视镜的玻璃上，一定闪现过什么神秘之物，哪怕只是一瞬间而已。

近来，他只专注于剖析这一点。"你在那面镜子里看到了什么？什么把你吓得那么要死？你失去过什么人，令你始终无法释怀吗？就连做梦也无法梦到吗？"

他们有一次交谈就是如此开场的，与其他的几十次交谈都大同小异。

"我做梦也梦不到的吗？我不知道如何回答。"司机说。

"你有一个女儿，年龄和你出租车载的陌生年轻女子相仿。你和你的女儿相处有问题吗？某种隐隐约约的驱使，因为那些事情'人们发誓对任何人都绝不承认，只会对坟墓说'。我相信，你听过这句话吧。但是，即使你听说过，我想你对它的了解不深。那么，你努力地想象一下，你真入土了意味着什么，在窄小的墓穴里，不是呆上几夜，不是呆上几周或是几年，而是好几个世纪、好几千年、几十万年、几百万年地呆着。孤孤零零地，只有墓穴和你，你和墓穴。讲述者与听众，听众与讲述者。我们活着的时候说的比起死去之后讲的长篇大论不过是残篇断句，片言只语而已。几十亿人，几千年里，用几百种语言，编着那个故事。而那个故事，生生世世，都会在那里。即使到地老天荒，活着的人也永远听不见。那个故事终结在那里，在墓穴与你之间，在你与墓穴之间。好吧，你想想你自己，那里既没有律师，也没有证人，什么也无须害怕，因为你自己什么也不是。好吧，你那么想想你自己，只要告诉我一点点，只要告诉我一点点你将要对墓穴说的那些话。嘿，嘿，司机,我只求你这么多,你赏个脸吧,眼下把我当成兄弟吧。也就是说,把我当成墓穴。"

"我听不懂。我累了。我困了。我不知道你想要什么。"

"你脑子里想过不可能的事情吗?我们这个世界称之为禁忌。在另一个世界里不知道叫什么。这是个严肃的问题,我不会为此跟你说对不起。墓穴不请求原谅。"

"我困了。让我静一静。医生对我说过这些冗长的谈话对我有害。"

"你说得对,镇静。我只想问你两件简单的事。我想问事故发生前最后时刻的情况。她的脸是什么表情?他的脸呢?"

"他们俩都冷冰冰的。或者是我觉得他们冷冰冰的。就像人们说的,像蜡烛一样苍白。"

"就是这一点吓到你了,我是说,把你搞糊涂了?"

"也许。"

"别的呢?发生别的事了吗?"

"没有。安安静静的,就像在教堂里。只是从外面闪入一道极其耀眼的光。看来,我是因此看不清路的。出租车像是被推上了天。"

"你说过那一刻他们正试图接吻。对不起,我和别人一样问你相同的问题。这件事真的让你受惊了吗?或许把你吓坏了?"

"看来……但是他们自己看起来很恐惧。至少,她的眼睛是那样。在后视镜里我看到了她的恐惧。"

"在镜子里你看到了他们的恐惧……那么你的恐惧,从哪里看出来？"

"我不明白你的意思。"

"我说的是你的恐惧。莫非你的恐惧就是你觉得他们恐惧？你自己就没想过超越一种类似的禁忌吗？是不是他们提醒了你，所以你昏了头，你们就翻车了？"

"我不明白你的意思。别折腾我了。"

"镇静……后来呢？后来出了什么事？他们接吻了吗？"

"我不敢肯定。我更倾向于说没有。在那一刻我们坠落了下来。一切在深渊里摔得粉碎。晃眼的灯光。毁灭性的灯光。"

二

　　研究员每次离开出租车司机时，都有一种意犹未尽的感觉。他勉强按捺住自己别转身回去。下次吧，他想。下次他不会让自己失误的。出租车司机身上谜团重重。他应该放弃从哲学方面去考虑，比如那些什么两种类型的爱情，那种旧的，几百万年时间了还在宗族内部运转着，而那种新的，反叛者已经粉碎了它的牢笼。让其他人来处理它们之间的分分合合吧，时机到的时候，让他们来解决双方都怀有的想要击败背信弃义另一方的欲望。那就是一片迷雾，世界上旧有的设备与之相关，几千年来它们潜藏在半明半暗之中，制造出老虎的凶猛、内心的欲望、怜悯、羞耻或者平和的时刻……他不要搞那些，他也不想研究什么史诗，不论是古代的，还是现代的。他的工作是研究司机，司机也许以为自己就要逍遥法外了，就要逃出他的手心了。他可以那么想，因为研究员还没有深入下去，问出那个致命的问题：他是否参与了谋杀？

　　那个问题，会提出来的，会的，哦，小乖乖。等他解决了周围的几个疑问。等他忘掉了史诗的事。他坚信他是这么想的，直到后来他不得不问自己,为什么还是老往那儿想?

后面坐着新娘的骑士是好想象的。他们俩之间的交谈也好猜测。"我们去哪儿?去那儿……去牢里吗?""当然是去牢里,还能去哪儿?""那我去那里做什么?况且,法律允许吗?""这个我没想过。""可是为什么?你和他们达成了什么协议,为什么他们放你出来?你对他们承诺了什么?"

马蹄声时不时地掩盖了沉默。接着他们又说话了。"为什么你必须回去?我们俩一起走吧,我们是自由的。""我不行。""为何?什么把你拴住了?"

又是沉默和扬起尘土的马蹄声。

"我们可以休息一下吗?""不行,我们晚了。今天是请假的第三天了。夜幕降临的时候,监牢的大门就关上了。""那边是什么河?我觉得像那条河,我们在河的桥那儿相识的,你记得吗?为什么它现在回过头来反对我们?"

"我们得快点儿。你抓紧我。""但是这些羊,这些黑水牛,怎么这样?路上真堵啊。""必须快一点儿。你紧紧抓住我。""阿格,你这是干吗,你快勒死我了……""也许大门关上之前我们会到的。现在机场查得很严。登机口越关越早了。"

研究员半闭着眼睛,摇着头,表示无法认同。预感促使他在下次见出租车司机之前,先见见露露·布鲁姆。

与第一次见面不同,后来再与研究员见面的时候,露露·布鲁姆都表现得格外小心,她尽可能晚一点,尽可能小心翼翼地提出她的质疑——贝斯弗尔特·Y就是凶手。

看来，这就是为什么露露·布鲁姆在叙述她的要点之前，竭力把没有人比她更清楚的那些事情讲得又深入又格外仔细的原因。而那个要点在调查报告的结束部分会突然占据主要的位置。于是，比如，她一边请求研究员原谅她说话直白，一边不无骄傲地对他说，许多男人可能和罗薇娜·St睡过觉，但是他们没有一个能明白她比罗薇娜更了解其身体的私密部分。此时研究员等待着她拿钢琴打比方，她却轻描淡写，专注于思考莫扎特和拉威尔的音乐，他们就是在演奏着这些音乐的场景中认识的，随后自然地做了爱，她的手指从夜总会的钢琴键上滑到了她的身上。她还讥讽地嘲笑说，她不相信欧洲委员会关于武力干涉、恐怖主义、轰炸和其他暴行的沉闷而往往粗暴的声明，贝斯弗尔特·Y写的那些东西，用在处理爱情上会更合适。

显然，丽莎·布鲁姆博格一直顺着这条思路，谨慎地尽可能晚一点说出归罪于谁的问题，于是她驱散了一部分笼罩着事件的迷雾，而其他人恰恰是在那片迷雾中退缩了。她内心万分痛苦——她怎么没能让罗薇娜摆脱掉贝斯弗尔特·Y？这时常让她琢磨着罗薇娜死亡之谜的来龙去脉，这个最大的谜团。

"我第一次遇到这种情况：我被一个男人击败。"她喜欢反复这么说。

日日夜夜露露·布鲁姆绞尽了脑汁，还是根本无法解释事情为什么会这样。贝斯弗尔特·Y使了什么手段拴住了她的恋人？他为何令她畏惧？又是用什么方式让她变得如此病态的？

通常，当男人得知自己的情敌是一个女人时，他们表现得愚蠢无比。他们喜欢嘲笑，有些放松下来，因为他们的女人没有和男人出轨，另一些好奇得要死，还有些生出了勾引对手的念头。可是后来，有一天当他们明了了真相，才捶着自己的脑袋，咒骂自己本该狂吠的时候，却像傻瓜一样咧着嘴大笑。

露露·布鲁姆迫不及待地等着那个时刻的到来。它还不来，还不来，直到有一天她明白那一刻永远不会来了。贝斯弗尔特·Y不会嫉妒她。但是她会嫉妒他。这就是他们之间的区别，看起来区别就是他获胜了，而她没有。

他们俩都知道对方，但是了解各有不同。一天，罗薇娜谈起了和贝斯弗尔特的一次新体验，而钢琴师打断了她的话，说："够了，我不想知道。"罗薇娜却说贝斯弗尔特正好相反，露露·布鲁姆气得脸色发青。

"相反是什么意思？……"

罗薇娜好言相劝却为时已晚……相反就是说他不但不阻止她与露露交往……而且他乐意知道……也就是说他享受着……甚至，她们关系闹僵的时候，他还极力撮合。

"婊子！"丽莎吼道。罗薇娜利用了她的爱，来点燃那个无赖的欲望。她把爱情拿到市场上兜售，就像那些贩卖色情片的人。她就是个白痴，任凭他拿她当玩偶。"你明白我想说什么吗？你懂德语吗？你知道'玩偶'是什么意思吗？Mannequin？他就是那样使唤你的。就像你们国家的皮条客，把订婚的女人都摆在人行道上。我相信，你看过报纸，听过广播。但是你，这场游戏把自己扯进还不够,把我也搭进去了。他权力在握,显摆他无赖的大度,竟然允许你和我来往。换句话说,他施舍我,这次他把你施舍给我。因为这样,你把自己贬为了一个被施舍的玩偶,你也就贬低了我,把我贬为了教堂门前的乞丐。"

罗薇娜不知所措地听着她哭诉,这比咆哮更令人无法忍受。他不妒忌,因为他认为露露什么都不是。对他来说,在他巴尔干男人的脑子里,她——露露·布鲁姆,不过是可笑的东西而已,一个稻草人,一个肥皂泡,罗薇娜要拿她来欺骗自己,继续过她受奴役的生活。她为"婊子"一词和别的事情向罗薇娜道歉。她承认自己根本无法与那个怪物抗衡。她接受失败。也许她们不再见面会好些。对罗薇娜她无话可说,只有一句:"上帝保佑你!"

罗薇娜也抽泣起来。她自己向露露请求原谅。她对露露说她不该把所有这些事都藏在心里。毕竟,他是她的丈夫。

"她的丈夫?"露露边哭泣边喊道。她第一次听到这样的话。罗薇娜对露露说过相反的话……实际上是真的……他们一直保密……至少,对她罗薇娜来说,是真的……"但是你准备好和我去爱奥尼亚海的那个希腊教堂结婚的……""的确,但是本质上,这什么也没改变……他是我的丈夫,在另一种意义上的丈夫,我想说,在另一个空间里的丈夫……"

三

　　秘密的丈夫，另一个空间……露露·布鲁姆觉得，是他，也只有他给罗薇娜灌输着这样的思想。她毫无保护地完全暴露在他可怕的光芒之下。当然，这并不容易。她自己，露露·布鲁姆，因为对他怀恨在心，所以算得上自我感觉有防御力的，可是因为罗薇娜的恐惧，她不时地感觉自己受到了影响。

　　她觉得求婚算是她第一回比对方抢先一步。罗薇娜伤心地和贝斯弗尔特·Y漫步在维也纳各个教堂的周围，他们一座也没有进去……没有在任何一座教堂里结婚……这使得她脑子里突然闪过一个念头，那些教堂不是她们的教堂，她得送罗薇娜去另一个教堂，一个见证另类爱情的教堂。

　　难道希腊与阿尔巴尼亚交界的某个地方，真有一座偏僻的小教堂，女同性恋在那里结婚，或者所有这一切只不过是幻想出来的呢？

　　对此议论纷纷已经很久了。但是，根本没有一个说得出地址在哪儿。没有任何一家旅行社或是婚庆公司的名字，甚至网上也没有任何踪迹。很自然，被人质疑其中有非法交易。说是还有一个秘密的网络，到处召集姑娘，保证她们花上三千欧元的一笔钱，除了得到一场婚礼之外，还可以与心仪的对象在童话般的小旅馆里过三天神仙般的日子。余下的就很容易设想了：希腊或者阿尔巴尼亚的快艇主，之前是运送偷渡客的，现在，还是用同样的方式，把人运到荒凉的岸边，佯装因为暴风雨的缘故迷了路，强暴她们，然后又把她们赶上快艇，兜一兜圈子，再把她们抛弃在某个偏僻的石滩上，或是更惨，他们在兽性大发的时候把她们溺死，或是因为无法解释的一阵癫狂大怒，他们自己也跳下去，鬼哭狼嚎地和她们一起淹死。

罗薇娜一点也不知道这些。而露露·布鲁姆虽然对传言很恐惧，但奇怪的是，她不放弃去那儿旅行的念头。

有几天，连她自己也觉得这念头只有她的情敌那可怕的脑子才想得出来。贝斯弗尔特·Y可能也正在找另一所教堂。为了他自己和罗薇娜，他要找一所另类的教堂，来见证他们奇特的婚姻。

也许，由于他畏惧这个世界，早就觉得融入不了这个世界，所以，显然他在寻找另一个现实空间。而且，与以往一样，他让罗薇娜也染上了这个怪癖。

他们死前不久，一个早晨，天还没完全亮，她从哭泣中醒来，告诉了露露她刚刚做的梦：在机场的一个柜台，她需要一张机票，而飞机上没有座位，她坚持、哀求、威胁，说她一定要马上出发，因为她必须回到她的国家，回到阿尔巴尼亚，那里两位王后相继离世，而她，是离家在外的第三位王后，此时机场的工作人员对她说：小姐，您在等候名单中只是位普通乘客，根本不是王后，但是她反复说她就是王后，他们都在地拉那的大教堂里等着她，她还带着两套服装，因为她不知道她是去……加冕还是去参加葬礼……

看来，就像这世上许许多多的姑娘和少妇一样，她时而贱若奴仆，时而贵为女王，换来换去，根本不知道哪个才是自己合理的身份。

至于他们俩看起来追寻过的新型爱情，研究员做过许许多多的剖析，对此钢琴师没有能力清楚地回应。研究员在之前四处收集来的纸片上做了标记。那些纸片是关于已经延续了大约两百万年的第一种形式的爱情，这种爱情作为宗族婚姻与欲望结合的产物，让这个星球上充斥着白痴和疯子。贝斯弗尔特·Y总以为，尽管很早以前人们就明白与外族才能生儿育女，但是几十万年过去了，男女之欲才走出了无穷无尽的交配模式，获得了今天我们认识的爱情模式。虽然太晚了（也许就比修建金字塔早三四千年），但是这种新的爱情，叛逆而耀眼夺目，就像世界末日来临一般，与百万年来古老的性爱较量起来。它让深奥、不明缘由的瞬间诱惑来对抗沉闷却血脉相连的古老忠诚。尽管如此，以死相拼的对手，谁也没有打败谁。甚至，年老昏睡的猛犸时常瞧不起自己的新尾巴，最后干脆怀疑起它有没有存在的必要了。

露露·布鲁姆很晚才发现她被这样的话题吸引的原因。他们俩，开始是贝斯弗尔特·Y，后来，也许还有她，都一直追寻着新的爱情，换句话说，第三种模式的爱情，前面两者嫁接的产物。至少，她是这么理解的，直到有一天她开始怀疑起别的事。于是露露·布鲁姆想到他们俩寻求着尚未发明出来的爱情，就像志愿充当病人，接受在他们身上进行可怕的新药品实验。

就像她之前解释过的那样，贝斯弗尔特·Y像那种天性不随和的人，在这个世界上他感到孤单。也许寻找一种新型的爱情也与此有关。那是一种排斥不忠的爱情模式，就像有几百万年历史，由血缘维系的旧式爱情一样。没有不忠，也就不会分手。暴君嘛，大家都了解，他们根本不能接受失败。同时，他也不可能不知道，没有任何一种男女之间的感情可能凝固起来，不存在失败的风险。显然，正是因为无法让他们的爱情排除这一风险，于是他决定把爱情分为两个阶段，第一个阶段是确定的、完结的，就像用堵头堵上了一样，而第二个阶段，罗薇娜就不再是他的恋人，而只是一名"应召女郎"。

就像您自己之前告诉我的，这第二个阶段他们用了"死后"的说法。他们俩都用了，但是实际上，她是"死后"的，而他却不是。说那些话的时候，她的死亡已经开始了。谋杀的计划，它的第一次酝酿，哪怕是无意识的，借由那种说法，已经表达出来了。

他会产生这个念头是很自然的。暴君的天性偏爱彻底解决问题。为了说服他自己接受她可能的不忠，他用尽了一切手段。后来，当他看到那些手段根本无法消除他失败的焦虑时，他决定效仿这世上数千人的做法：干掉他的恋人。

她，露露·布鲁姆，在情报部门找她谈话之前，已经觉察出了他杀手的本性。他担忧海牙法庭寄来传票，手提箱里放着被杀孩子的照片，罗薇娜文上那样的文身，这些都不仅仅只是他意图的反映,所有这些就是明确的征兆。每当有什么出现在他的面前:一个想法,一个国家——比如南斯拉夫的事,一支十字军,一种宗教,一个女人,也许连他自己的国民也算上,他觉得挡了他的道,他的破坏力就展现出来。

罗薇娜年仅二十三岁的时候,就挡在了他的面前,不可能不被他干掉。

他们绞尽脑汁地琢磨为什么他几乎把她当作妓女。他们觉得似乎他们找到了,或是装作找到了,但是他们根本没找出原因。黑帮和皮条客,他们为了赚美元,逼订婚的女子作妓女,他们更好理解。他根本无从理解。露露自己刚刚做出了几个非常复杂的推理。事情会不会更简单啊?把她变成"应召女郎"只是为了准备实施谋杀?说到底,在我们的世界上,要是说起女人被谋杀,最先想到的就是妓女。

也许,她的推理看起来太过精细了,是举着蜡烛找出来的,就像人们说的,只有艺术熏陶下的人才想得出来。

她不想再进一步展开乱说了。比如,她不能再分析那个著名的有关石膏纪念堂的梦,那个梦老远一看就是个典型的凶手做的梦。

要是研究员先生出于自己或者专业的原因,不偏爱细致的心理分析,他可以完全忘记至今她说的所有话,只要听进去一件事:她最基本的解释,她很久以前就对他说过的——贝斯弗尔特·Y 杀死了他的恋人,因为她得知了他的隐秘……

四

  钢琴师深深地吸了口气。从各种音乐会中她清楚地认识到：听众在深深的沉默之后，他们喘气是同时的。

  秘密是令人毛骨悚然的，稍后她继续说道。她指的是北约，其内部的不和有可能使整个西方分裂。调查员自己都害怕了。当他们心惊胆战的时候，她，一个没有保护的钢琴师，岂能不恐惧？

  她说了一阵子害怕的事，直到对方温和地打断了她。"露露·布鲁姆，"他对她说，"您提到过两个杀人动机，彼此完全不同。第一个，您把它当成精神问题，而第二个，也就是后面这个，和时事有关，可以算作政治原因。您可否允许我问一下，您到底相信哪一个？"

  钢琴师想了很长时间才回答：两个我都相信。她又说可能前者——精神原因是起决定性作用的，而后者，就是一个他找来更容易说服自己的借口。

  当再回到两类爱情这个问题，尤其是说到它们与死亡的关系时，她的话又含糊不清了。对于前者，宗族内部的爱情，死亡一直是最大的敌人，而对于后者，死亡从来不是……有可能，面对着有几百万年历史的对手，新的爱情由于感到自身弱小，所以它需要找死亡做其强大的盟友。这样一来不可思议的事情就发生了：由于这个新联盟的需要，强大得足以震慑宗族成员的死亡，在情人之间是根本无法体验到的。而且这一点那么真实，以至于在一段爱情中，不可能没有，即至少有一个瞬间，人是不希望他的另一半死去的。

研究员听得很入迷。他常常听人说起自我毁灭与爱情的关系，但是没有一次讲得如此好理解，似乎死亡，每个情人寻求自我毁灭的死亡，具体地就是一个银行集团、一家保险公司或者一个国家。

她说得越来越小声，但是他，很奇怪，还在听着。他要做的全部事情就是把大家卡在圈套里的思想解放出来。在十月十七日的早晨，罗薇娜·St 已经死了。所以，去机场的出租车上，贝斯弗尔特·Y 身边坐着的是另一个女子。

"您是说谋杀之前就发生了，"他低声说道，"那么尸体呢？尸体为什么没找到？"

在她看来，尸体找到还是没找到，那是警察的事。她说的是另外一回事。关键在于他想要说服她。她近乎在恳求他。让他相信存在谋杀吧。她准备跪地恳求了。请别因为他不相信就污蔑她的看法……毫无疑问，有谋杀，虽然她不能确定是在哪里……

他勉强地听着。终于，他觉得自己抓住了那条线索。但是它太纤细，几乎都要断掉了。要是他不相信有谋杀，实际上，他就是不相信有爱情。因为，据如今所知，它们两个，爱情与谋杀，互为证人。因此只要其中之一，比如说爱情被证实，那么就没有理由怀疑另一个。

研究员疑惑地浅浅一笑，完全把露露·布鲁姆弄得晕头转向。

比任何一次时间都长的最后一次沉默过后，她开口说，很自然，研究员先生会误解露露·布鲁姆的坚持——十月十七日的早晨，罗薇娜·St 和贝斯弗尔特·Y 并不是一起在致命的出租车上。他可能把这当成钢琴师最后的一线希望，因为就像活着的时候她想把他们分开一样，至少，死了她也不想让他们在一起。他那么想是他的权利，但是她想把坦诚展现到底。为了让他相信存在谋杀，她要把她生命中最大的秘密讲给他听。这件事她对任何人都没有讲过，她相信她会把它带到坟墓里去的。所以，她要让他相信的可怕秘密是她……丽莎·布鲁姆博格，也想过要杀了罗薇娜……

这可怕的念头与爱奥尼亚海上偏僻的小教堂有关。从一开始，她就听说了发生在那里的骇人之事，女人被抛下海去，疯狂的快艇手笑得前仰后合。但是她并没有害怕。她梦想过要把那场旅行进行到底，因为这样她和罗薇娜·St 都不会再回来了。要是快艇手没把她们抛下海，她就自己勒死她的恋人，把她拖下深渊……但是，看来，这意味着，本该在海里快艇上发生的事，在陆地上，在出租车里完成了。像在所有事情上一样，露露·布鲁姆又晚了一步。讲完这些，她相信研究员会明白她对贝斯弗尔特·Y 的怒气，就像一种对兄弟杀人的愤怒，只可能是苍白无力的。她期待过，到她心灵寻求宁静的时候，她会怀着同样的心情，为他祈祷，就像为自己祈祷一样。

五

露露·布鲁姆震撼地讲述完之后,研究员深信她不会再来了。她该讲的都讲了,就像门关上了,以后就别指望有下文了。

研究员现在心如刀绞,因为他没法子再深入剖析下去了,特别是故事里几处晦涩的情节。他注意到每当露露·布鲁姆说故事在这里或者那里没法详述时,在他看来,那些才是更重要的地方,他的脑子不由自主地总绕回那儿去。

第二个梦就是这种情况,对此他从来没有给予足够的重视。现在他真想踢自己,同时仿佛是为了惩罚自己,他越来越多地在脑子里完整地想着从瑞士的那个阿尔巴尼亚女人那儿听来的梦。

她毫不费力地想象着贝斯弗尔特·Y在荒地里穿行的样子,荒地是通往那座陵墓式的大楼的。他伫立在纪念堂前,同时它又像汽车旅馆,大门也似是而非。他又知道,又不知道自己为何身处此地。从石膏和大理石上发出一束冷冷的寒光。他喊着一个女人的名字,但是连他自己也听不见嗓子里到底喊的是什么名字。那个女人像是在这堆大理石里面,因为他又喊了一次。但是出来的声音仍然微弱得连他自己也听不见。直到那时他没有注意到的一束灯光从里面射出来，于是他敲了敲彩色的窗玻璃。那里面一声轻微的响动，在一个看起来没有门的地方，一扇门打开了。出现了一个像是在汽车旅馆里或是寺庙里值夜的人。"这里没有这样的女人。"那人一边说，一边又关上了门。

这时，从高往低，也许是从平台延伸下来的一个外侧旋转楼梯上，真的走下来一个女人。紧身的裙子显得她更加高挑，但是她的脸是陌生的。她走下最后一级台阶，走过来，伸出手臂绕住了他的脖子。他感到晕眩，无比甜蜜的感觉，但是她低声说出的名字，说得太小声了，他根本听不见。她继续说了些别的话。也许是说，她在那里面等了很久。抑或是说，她太思念他了……但是她说的话，他一点也听不懂。只是觉得缺了什么东西。

那个女人低下头，至少对他说了名字，或者简单地吻了他一下，但是还是缺了什么东西，他醒了。

好几个小时，这个梦在他的脑子里像面团一样时而缩小，时而胀大。

很容易把它当成一个凶手做的梦。他来到了他曾经感到愉悦的地方，所以这座大楼又像一家汽车旅馆。但是它同时还像坟墓，这表明就是在他感到愉悦的地方，他把她杀了。

露露·布鲁姆坚持这么解释这个梦。他不敢反对，但是寻找着别的说法。贝斯弗尔特·Y穿过荒地来找楼里的那个人，她冻僵了，被砌在了墙里。他喊她，想把她从那里唤出来，替她解冻。但是这种说法她也不容易接受。

而且露露·布鲁姆会说，这么解释和她说的几乎是一回事儿。无论如何，在石膏或者大理石里面的，就是罗薇娜，怎么说，她都是被困死在里面了。

研究员继续想象着他与露露·布鲁姆的对话，虽然有种预感告诉他，他们会再见面的。

事情果然如他所料。她的电话打来了，他兴奋得就像回到了青年时代。

尽管他们都在尽可能地拖延，但是两个人话一出口还是表明了各自的想法。显然，和他一样，露露也在脑子里反复揣摩过问题、答案，并不断地反驳着自己。尽管他们都竭力地避免混淆，但是有时他们各自脑子里的谜团还是互相纠缠在一起。他们自己也明白他们绝不能从第三个梦的陷阱陷入第一个梦的陷阱中，再由第四个梦的陷阱，甚至通过第五个梦的陷阱来证明……

露露·布鲁姆与他不同，她先从迷雾中走了出来。她固执地回到十月十七日的早晨，回到雨中正在酒店门口等候的出租车上。当时温度是七摄氏度，风向不时变来变去，雨一刻也没有停。

研究员努力地听着，但是他根本无法不去想那个梦。午夜过后，贝斯弗尔特·Y在大理石堆里，在荒凉的大楼里找什么呢？毫无疑问，找罗薇娜，但是哪一个罗薇娜呢？被杀死的，还是堕落的罗薇娜？那她为什么不从他等待的地方走出来，而是从旋转楼梯下来呢？自然，有人后悔了，但是后悔什么，谁后悔了，他，还是她，还是他们俩？他想问问露露·布鲁姆，但是她已经走远了。

六

　　她说话很坚决。遇难者从走出酒店到发生事故，这段时间特别长，对于截止到当时所做的相关解释，她是唯一有资格表示不满的人。她搜集的十月十七日早晨的证据，报刊上的纪实报道，天气预报的内容，特别是交警向在高速公路上行驶的驾驶员广播的实时路况都惊人地准确。大家都觉得这件事至少足以让她有资格旁听审讯。另一个原因是她用令人震惊的方式描绘了十月十七日早晨"密拉玛克兹"酒店大堂的氛围。天色渐亮，枝形吊灯的光亮越发苍白，值夜的门卫昏昏欲睡，贝斯弗尔特·Y 走过去结了账，叫了一辆出租车。随后他返回电梯，上楼，再与自己的女朋友一起下来，这回他紧紧地揽住她，从电梯口径直把她送上了出租车。在数十次被问及此事时，值夜的门卫的回答总是如出一辙：一夜过后，他几乎没有睡过觉，值班时间结束前的二十分钟，无论他还是任何别的人都不可能清楚地分辨出一个女人的脸，何况她的大半张脸都被立起的大衣领子、帽子、几乎和她贴在一起的男人的肩膀给挡住了。在出租车里等待的司机也没能辨认出更多的东西，当时外面风雨不断地变换着方向,他们置身于风雨之中,像两个模模糊糊的人影,向轿车靠近。

丽莎·布鲁姆博格还是坚持说上了出租车的年轻女子不是正常的……罗薇娜。问她这么说是什么意思,她回答说她相信年轻女子即便的的确确就是罗薇娜,那也不过是她的躯壳,她的替身。

一谈到这一点,她就晃着事故不久后拍到的照片,其中没有一张女人的脸是清楚的。而贝斯弗尔特·Y的脸清晰可见,他眼神呆滞,一道血迹像是画在右侧的太阳穴旁,倒在他的身旁的年轻女子,只能看出她的头发是栗色的,右边的胳膊搭在他的身上。

这番描述钢琴师对之前的调查员重复过几遍。他们神情悲痛地听着,却并不认真。每次露露看出他们的反应,就生气了。这就迫使他们与她攀谈起来,虽然他们并不卖力。"让我们假设谋杀是可信的,那么如何解释贝斯弗尔特·Y之后的行为呢?为什么他要拖着她死去的、僵硬的尸体,或者是仿真人上出租车呢?他要把它带到哪去,他怎么把它处理掉呢?司机有没有帮忙呢?"

露露一时也有些糊涂,但是很快就清醒了。当然司机可能参与其中。但是这是次要问题。主要问题是搞清楚罗薇娜到底怎么了。丽莎·布鲁姆博格认为,罗薇娜是在酒店之外被杀死的,贝斯弗尔特·Y自己或是在某人的帮助下,处理好了尸体。"当时,他需要那具肉体,换句话说,在他离开酒店的时候,他需要罗薇娜·St的躯壳。他们一连住了两个晚上,因此,到了寻找失踪女孩的时候,首先被盘问的会是她的情人或者伴侣,你们愿意怎么称呼就怎么称呼。他的回答很容易猜到:他们俩,他和他的恋人一早离开了酒店，她像往常一样把他送到了机场，后来返回途中，她消失不见了。一切看起来又简单又可信，这就只需要一点东西，就是上面提到的：一个肉体，一副躯壳。"

露露·布鲁姆一直在调查员们悲痛的目光下，把她的猜测讲完了。贝斯弗尔特·Y 需要罗薇娜的躯壳，或者她的模样，而恰恰就是他把罗薇娜的精神和肉体都摧毁了。

"他应该琢磨了很长时间如何制造他不在场的证据，换句话说，用谁或是用什么东西来代替死者。这乍看起来很吓人，甚至不可能做到。但是仔细再看，却很简单。很容易他就能找到一个差不多的女人，至少身高上差不多，把她带到酒店来。假如不是女人，而是不会说话、没有记忆，也就是说，没有危险的东西，我们假设是一个人偶，在大多数的性用品小店都有的那种。天蒙蒙亮的时候，在昏暗的酒店大堂里，昏昏欲睡的门卫很难注意到从电梯里走出来，和她的恋人销魂地搂抱在一起的不是之前的那个女人……"

说到这里，调查员的眼神都疲惫了，不耐烦流露了出来。第一位调查员如此，随后的第二位、第四位也如出一辙。此时丽莎明白了，所以她第一次和研究员见面的时候，当她说到早晨（风雨交加的秋天的早晨，酒店的大堂因此更显凄凉，贝斯弗尔特·Y 就是在大堂前，把他的仿真恋人送上了出租车），就歉疚地微微一笑，开始说得着急起来，甚至枉费心机地竭力避免说"人偶"一词，只是在嘴里嘟囔一下。

正是那个词改变了一切。在研究员的脸上，一切都晃动了起来。

"要是我耳朵没听错的话,您说的是一个仿制品,一个人偶。"

露露的脸上歉疚的微笑变成了咧嘴大笑。"要是这个词让您不快,请您把它忘了吧。"她说的是代替罗薇娜的东西,一个人造的东西,也可以称为仿真人。

"女士,您没必要回避这个词。您刚才提到的是不是'人偶'?而您用得却是'ein mannequin'?"丽莎·布鲁姆本想为她的德语致歉,但是,此时,研究员一把抓住了她的手。她吓了一跳。她以为他要说些侮辱的话,那些别人也许想过却没有对她说的话。但令她吃惊的是,他并非如此,而是握住她的手不放,喃喃地说道:"高贵的女士。"

这回轮到她怀疑他是不是确实说了那些话,还是她听错了。

研究员的眼睛空荡荡的,像是自己反观着自己的脑壳。

七

事实上,研究员的脑子里乱得不能再乱了。他寻找了多时的谜突然出现了。他本想说"女士,您赐给了我解谜的钥匙",但是他没有力量对她说出来。

秘密正在迅速地从迷雾中显露出来。司机在后视镜里看到的只不过是一个仿真人。也就是说,乘客,那个人,正在试图与一个躯壳接吻,或者说躯壳正试图与那个人接吻。

这才是本质,其他的问题,要是确实存在谋杀的话,他们在何处杀了罗薇娜,为什么要杀她(比如,因为北约的秘密,这是最令人信服的理由),他们把她或者她的尸体丢弃在何处了,后来的人偶又是怎么回事,这一切都是次要的。

"哦,上帝!"他喊出声来。现在他清楚地想起来在他的调查报告里某个地方恰恰提到过一个人偶。一个被狗扯碎了的女人模样的人偶。

那里有解释,别处都没有再提。那是令所有人震惊不已的秘密。它连同那些乱七八糟的词,像是来自一个塑料构成的世界:

"Sie versuchten gerade, sich zu küssen." 他们正试图接吻。

那么，一切说到底都是因为一个人偶。一个用来从酒店脱身的没有生命的东西。随后，去机场的路上，故事继续往下发展。"在路边的这个休息区停一下，我要把这个东西扔掉。"或者："这些欧元你拿去，帮我把这个处理掉。"

但是因为接吻，这两种情况都没有发生。是接吻把司机给吓蒙了，故事也戛然而止。他们没有扔掉人偶，而是让所有人都毁灭了。

他用拳头捶着太阳穴。那么警方怎么说？在最早的事故记录里，应该就写着那个人偶，在贝斯弗尔特·Y的尸体旁边找到的人偶。

研究员并不急于骂自己"白痴"。尽管整个事实还不太明了，但是本质问题他已经搞清楚了。当然还有一些不相符的地方。不相符的地方有：活人与塑料的尸体之间不对应，各自的看法不同，尤其是在时间上是过去还是未来也有分歧。但是这只是暂时的。就好比一幅群像画：一对情侣，一个人偶，一个不可能的吻，而主要的是，一场谋杀。它们相互排斥，并不愿意联系起来。但这是可以理解的。这类不相符的地方，就好比企图杀人和实施谋杀之间的差异，是可以辨别的。有时谋杀和被害人，就像日程安排出了差错，失散了，彼此分开一段时间，才找到彼此。

研究员竭力把事件想得尽可能简单，就像一件可以茶余饭后闲聊的事情。出租车离开酒店不久，司机就注意到裹着大衣和围巾的女乘客，不像一个活人，更像一个人偶。起初他很惊讶，还带着些许莫名的害怕，但他镇定了下来。有一些疯子带着破大提琴、大酒桶或是乌龟上路，不也包得严严实实的？这对他没什么，甚至当他觉得塑料人看起来还挺栩栩如生时，心安了下来。也许是路途颠簸，可能他也累了，才那么觉得。只是后来，当乘客试图亲那个人偶的时候，出租车司机才犯晕了。

因为每一个案子研究员都习惯思考各种不同的情形，所以他在脑子里自己设想出几种这样的场景。一种是，出租车司机早就知道，他在路上把人偶扔掉，可以得到一笔报酬。另一种是，问题更严重，因为他要扔掉的不是一个人偶，而是一具尸体，当然他可以得到一笔更大的报酬。在这两种情况下，奇怪的是乘客要与后者亲吻，人偶也好，尸体也罢，灾难这才发生。

最后一种情形，也是最糟糕的，司机参与了谋杀。去机场的路上，他和贝斯弗尔特·Y两人一起拐到一块偏僻的空地上，挖个坑把年轻女子埋了。而贝斯弗尔特·Y显然是要离别一吻，才引发了灾难。

八

星期天一大早,他有点迷迷糊糊地在复活节的钟声里,动身去出租车司机的住处。冬天的城市看起来灰蒙蒙的。没有希望,他想,连他自己也不晓得为什么。

开门的女人一脸不友好,但是司机却对他说:"我等着你来。"不同以往,最近他更想说话了。

大家都想解脱出来,研究员心里想。不知为什么,他觉得解脱的担子将压在他的肩膀上。

"我只想问你一件事,"他低声说,"我希望你比之前更准确地回答我。"

司机叹了口气。他目不转睛地,听着研究员讲话。然后他好长时间都耷拉着脑袋。"她是活人,还是人偶?"他低低地重复着研究员的话,像是自言自语:"你的问题越来越难回答了。"

研究员感激地看着他。他没有叫嚷"这都是什么疯话?嘿,你想到哪里去了",而只是简简单单地说问题很难回答。

就像以前那样,他用缓缓的声音说起那个阴霾的早晨,雨夹雪不停地下着，出租车的发动机轰鸣着，他在车里等着那两位乘客。终于他们出现在了酒店的门口，就那么互相搂在一起，衣领立着，向出租车奔过来。没等他出来，那个男子就替他的女朋友打开了左车门，然后自己绕过来坐到了另一边，那里传来他带着外国口音的声音："Flughafen！"机场！

就像他多次说过的，路从来没有像那天堵得那么厉害。在黎明的蒙蒙亮里，车辆缓慢地挪动，停下来，启动，再停下来。冷藏车、货车、公共汽车，都湿漉漉的，车上写着公司、旅行社的名称、手机号码，由于走走停停的缘故，反复地出现着，有时在左边，有时在右边，像是在噩梦中一样。他躺在医院的那些夜晚，他的脑子里总是萦绕着大多数用那些恐怖而陌生的语言写的各种名称。法语、西班牙语、佛兰芒语的名称都有。半个统一的欧洲，甚至整座巴别塔都在那里了。

研究员的目光失去了先前的光彩。你不能没完没了地说这些，他想。无论如何，最后你得回答我的关键问题。

他忍了又忍，然后又重复了一遍问题。仅有短短的一瞬间司机沉默了。

"啊，那个人偶的事。那个年轻女子像不像人偶……当然像。特别是你现在说起来。有时她看起来像人偶，有时他看起来也像。甚至，大家都没什么区别。透过被蒸汽遮去大半的车窗，大部分的人，远远的，模模糊糊的，都像蜡人一样。"

研究员觉得自己要发火了。

"我求求你别闪烁其词，"他突然嚷道，"至少，这次别这样。

喂，我求求你，我跪着恳求你了。"

哦，上帝，他又来了，司机想。

研究员的声音很嘶哑，马上就要哽噎了。

"我最后给你一次说的机会。你放宽心，放下内心折磨你的恐惧。你最后回答我一次，什么东西把你吓坏了？是有人竭力要亲一个躯壳吗？还是人偶想要亲那个人？是因为少了什么，这两者不可能亲吻吗？你说呀！"

"我不知道说什么。我没法说。我做不到。"

"把你的秘密说出来吧。"

"我做不到。我不知道。"

"是你不想吧。因为你也是嫌疑犯。你说！谋杀后，你们要怎么处理尸体？你们是要把人偶扔到哪里去？别耍滑头了！你什么都知道。你一直在窥视一切。和镜子一起，像狗一样的镜子一起窥视一切。"

叫嚷过后，研究员的声音又平缓下来。他是满心欢喜地来找司机的，希望他的发现也能让司机高兴起来。但是司机并不想知道。他们不想要你，他一边对着人偶，一边心里想。除了我，没有一个人看得见你。

他默默地从提包里掏出了两位受害者的照片。让他的这位先生再好好看一看。让他相信死去女人的脸哪儿也看不出来。

司机扭头不看。"我害怕。"他结结巴巴地说。为什么他们只逼他说出秘密呢？要是死者不是那个女子，而是人偶，为什么警方没有说呢？

滑头，研究员心里想。同样的问题，甚至是作为第一个问题，他也亲口问过丽莎·布鲁姆博格。提问之后，非常奇怪的是，他的脑子就变得迷迷糊糊的，听不到她的回答了。

司机还在结结巴巴地说着。在他的出租车上发生了无法解释的事情，一些怎么也说不通的事情……可是为什么他们只要他来回答呢？

"除了你，每个人都可以对此发发牢骚，"研究员打断了他，"我问了你一千遍了，接个吻的情景怎么就让你翻车了，你根本答不上来。"

两个人都累得呆呆地坐着。"你同样可以问我几千次，我怎么就相信了露露·布鲁姆？我也没法回答。我们大家可以互相问对方：你有什么权力大晚上的问我你自己根本分辨不清的事情？"

他累得都不想对司机说，就像多年前，他还是高中生的时候，第一次他们被带去参观一个现代画展，所有人都很惊讶，甚至嘲笑画上要么是长着三只眼睛或者袒胸露乳的人，要么是在烈火中书柜状的长颈鹿。"你们别笑，"有人对他们说，"以后你们就会明白，世界远比看起来复杂多了。"

研究员又平静了下来，甚至他的目光又恢复了之前的神采。

"除了那些我们以为我们看到的之外，还有一些真相，"他低声地说，"我们不知道。我们不想知道。我们无法知道。也许，我们不应该知道。"司机，他这位不幸的朋友，说在他的出租车里发生了不符常理的事情。这也许就是事情的本质。别的无从知晓。"在你的出租车里，发生了你前所未见的事。在后排座位上，一起坐着有罪的人和无辜的人，坐着的凶手是男的，也许是女的，坐着人偶、仿真人，躯壳和灵魂，他们时而在一起，时而又分开，就像烈火中的那些长颈鹿。那些你看到的和我想象的东西，看起来都远离真相。难怪老人们怀疑神并没有给我们，给人，知识和超凡的认知能力。所以我们的眼睛，往往看不见眼前发生的事情。"

研究员感觉累了，像是经历了一场癫痫病的打击。

整个事件可能会是另一副样子。现在，要是有人对他说他所调查的东西远离真相，远得就好像罗马教皇的生平传记与银行的贷款文件，或者是与机场旁边冷清的警察局办公室里一名从东欧贩卖来的姑娘的陈述报告，他都不会觉得惊讶。

"我还要问一个问题，"他温和地说，"算是最后一个问题吧。我想知道，在你驱车直奔机场的时候，你有没有感觉到一种极其怪异的声音，起初你可能会以为是发动机的故障，但是并不是那么回事。这种声音在高速公路上是极其陌生的，有点像马蹄声，像是有匹马在后面紧跟着你们所有人……"

他站起身来，并没有等对方回答。

九

现在，放弃描述最后一个星期的情况，不仅没有让研究员感到困扰，反而令他心情平静下来。

他深信不仅那些在出租车里的最后时刻，而且整个最后一个星期都是无法描述的。所以故事的中止非但没再让他有某种罪恶感，反而，继续写下去倒可能是一种犯罪。

从一个巨大的秘密里，往往不时显露出端倪。在令人惊恐的仓库里，神储存着那些禁止人们获取的超凡知识，有可能七年一次，十年一次，或者七万年一次，从里面漏出什么东西来。于是，失明的人类，突然就好像风偶然吹开帘子遮住的一角似的，在仅有的一瞬间里，看到了他们需要好几个世纪才能看到的东西。

在那一瞬间，他们四个，两位乘客，还有司机和镜子，显然，就处在这样一个不可能的观测点上。

发生了不符常理的事情，司机说过。也就是说，大家都无法理解的事情。是模糊不清的血缘故事？是一笔遗留下来的对王室的欠债，无论如何，这笔债如今的后代人根本还不起？

有可能，最后一个星期，罗薇娜和贝斯弗尔特·Y已经感到他们陷入了一个漩涡，他们费尽力气却爬不出来。也许他们走得太远了，现在想回来了。

这些旧的协议是什么？在哪儿签订的？为什么不可以作废呢？

在早晨时分，有时故事会呈现出多少有点不同的感觉。一个灵魂的故事，里面没有躯体。显然，由于躯体的这种分离，导致了迷雾重重的混乱，令人陶醉的解脱以及它的本质与形态的联系的缺失。

调查案卷的一些地方表明罗薇娜·St和贝斯弗尔特·Y提到过几次那种分离。也有可能，他们对此后悔了。

现在他视如珍宝一样，回想着与钢琴师交换过的那些关于贝斯弗尔特·Y的最后的梦的看法。

他到汽车旅馆式的纪念堂找什么？他们俩都认为他是去找罗薇娜。露露·布鲁姆说的她是死人。他说的她是堕落的人。也许，是几百万男人都在寻找的相似的东西，即他们爱的女人的另一面。

好几个小时，他都在想象着贝斯弗尔特·Y站在一堆石膏面前，等待着原来的罗薇娜。后来在出租车里，坐在她难以琢磨的躯壳旁边，他体验着这个世上任何人都无法体验到的东西。

十

这是一个寂静的星期天中午,隔了很长时间,丽莎·布鲁姆博格打来了电话。与以往不同,她的声音温和而慵懒。"我给您打电话是要告诉您,我永远不会再怀疑我的女友罗薇娜被贝斯弗尔特·Y杀了。"

"怎么了这是?"他答道,"您不是一直非常肯定……"

"现在我也非常肯定不是这样。"

"哦。"他沉默了一会儿才说。

他等着对方再说点什么,或者是挂断电话。

"罗薇娜还活着,"露露·布鲁姆接着说,"她只是换了头发的颜色,现在她名叫娜薇罗①。"

下午晚些时候,露露·布鲁姆过来说起前一天晚上发生的事。

她当时正在午夜酒吧里弹钢琴,就是多年前两人相识的那家酒吧。所以,在同一家酒吧,在同一个时间,临近午夜,她心里满是伤感,此时罗薇娜出现了。她一推开大门,露露就感觉到了她的存在。但是露露莫名地有点羞怯,她害怕罗薇娜一转念又撤回去了,所以一直没把头从琴键上抬起来。

刚进来的女人慢慢地在座位间挪动,她恰巧坐到了她们注定相识的那个夜晚罗薇娜曾经坐过的位子上。"她把头发染成了黄色,后来我才明白,显然是不想让人认出来,唯有走路的样子一模一样,还有她的眼睛,毫无疑问,还是那样令人过目不忘。"

于是,像以前一样,她们的目光最终相交了,不过其中有一个隐藏的障碍,它使得露露·布鲁姆尊重那个新来的女人不想被人认出来的愿望。

此时,她的手指,那些久久地与她恋人的身体自然地纠缠在一起的手指,通过琴键表达着重逢的满腔兴奋,还有漫长的惆怅、欲望和障碍。

曲终,露露筋疲力尽,低着头,当她听到了"棒极了"的低语时,她期待着那个女人像曾经那样,加入赞赏的人群。

她真的最后一个走过来了,激动得脸色苍白。罗薇娜,我亲爱的,丽莎·布鲁姆博格内心呐喊道,但是那个女人却说出了另一个名字。

这并不妨碍她们重复一遍曾经说过的话,末了,酒吧就要关门之前,她们俩像过去一样,坐到了钢琴师的车子里。

她们俩久久地默默亲吻着,但是每次丽莎低声唤起"罗薇娜"的名字,那个女人都不回答。她们继续亲吻着,泪水打湿了她们俩

---

① 罗薇娜(Rovena)和娜薇罗(Anevor),在阿尔巴尼亚文中两者区别只是把字母全部颠倒过来写。

的面颊，只是在床上，午夜过后许久，她们就要睡觉的时候，丽莎终于对她说："你是罗薇娜，为什么要掩饰？"那个女人回答："你认错人了。"沉默了一会儿，她又说了一遍"你认错人了"，还接着补充道，"这重要吗？"

是啊，这真的重要吗？丽莎·布鲁姆博格想。一样的爱情，只是换了一副躯壳。

"你叫了一个名字？"女子低语道，"你是叫了罗薇娜吗？"要是她那么喜欢，就让她按照最近流行的填词游戏，叫自己"娜薇罗"吧。

娜薇罗，露露·布鲁姆自己重复了一遍。听起来很像过去女巫的名字。你可以染头发，更换护照，使上千方百计，但是世上还没有什么可以让我怀疑你不是罗薇娜。

当她抚摸着罗薇娜的胸，她找到了在可怕的阿尔巴尼亚汽车旅馆里，他的子弹留下的伤疤。她轻轻地吻着伤疤，什么也没有说。

她有太多的问题要问罗薇娜。她是怎么摆脱贝斯弗尔特·Y的？她是怎么骗过他的？

想着想着她睡着了。第二天，她醒来的时候，罗薇娜已经走了。要是她没有在钢琴上看到罗薇娜的字条，一定会以为自己做了个梦。字条上写着："我不想吵醒你。谢谢你，感觉真奇妙。你的娜薇罗。"

"瞧，就是这样。"她声音疲惫地说道，沉默了一会儿，才起身离开。

研究员的眼睛又像往常一样，直勾勾地盯着最后一张照片，照片上罗薇娜的头发是深色的,她的胳膊很纤细,搭在贝斯弗尔特·Y的胸前,伸向他的领结,像是在最后一刻要帮他松开领带,好让他困惑的灵魂解脱出来似的。

往窗外望去,研究员看到那个女人正在过十字路口。远方的一声雷让他摇了摇头,以示否认,但是连他自己也不知道是在向谁说那个"不",要把什么颠倒过来。

露露·布鲁姆也已经走了。她安静地丢下他,也抛下了这世界上很多很多其他的东西,也许,那遥遥处传来的雷声就是她的某种告别方式吧。

现在他会与先前一样,孤零零地一个人,独自陷在两个外国人的谜案之中,没有人需要他来破案了。

十一

　　就像以前那样，研究员毫不费劲地想象着在十月十七日昏昏沉沉的早晨，出租车在车流间艰难地前移，直至生命终结的时候他还将想上好几百次。雨敲打着车窗，长长的静止的车流，欧洲的各种语言，写在大货车上的公司名称以及偏远城市的名字。多特蒙德、欧洲汽车、汉诺威、埃尔西诺、天堂旅行社、海牙。那些名字，夹杂着低沉的说话声，"太倒霉了，怎么这样，我们赶飞机要晚了"——所有的一切越发令他焦虑。

　　毫无疑问，晚了。虽然他们没有说出来，但是他们想要回去。陷阱的两头就要堵上了。"我们回去吧，亲爱的。""我们回不去了。"他们低声地说着话，没注意到有人在听着。从来就没有回头路。在后视镜里一会儿映出这个人的眼睛，一会儿映出那个人的眼睛。路好像松快了一点。不一会儿又堵上了。也许飞机在等他们。法兰克福、洲际、维也纳、摩纳哥-赫米塔日、皇太子。她脑袋晕晕乎乎的。这些是我们去过的酒店（在那些地方我们很愉快，她害怕地低语）。为什么它们突然回来与我们作对？罗蕾莱、施洛斯-

莱尔巴赫、恩斯特-爱克赛希尔、比亚里茨。他想要紧紧地揽住她。"你别害怕,亲爱的。我看路就要通畅了。也许飞机等着呢。"他用胳膊搂住她的脖子,但是这个姿势看起来好遥远,像是个被遗忘的姿势。"这些黑水牛是干吗的?"她说,"这些也真要命。"他没有回答,只是嘟囔着几个还有望在太阳落山之前找到的开着的监牢。她还是很害怕。她想问,我们哪里做错了?他努力把她拉到自己身边。"你这是在干吗?你要把我勒死了。"出租车在飞奔。司机的眼睛似曾相识,牢牢地盯着后视镜的玻璃。两侧出现了灯光。但是灯太亮了,凶巴巴的。她把头靠在他的肩膀上。出租车开始颤抖起来,此时车里有别的东西。它高高在上,充耳不闻。它有着自己险恶的手段和法则。"出什么事了?我们犯了什么错吗?"他们的嘴唇又靠近了一点。"不行。我们不可以。到处都是限制的手段和命令。"他说了什么听不清楚。从口型看像是一个名字。不是她的名字。是另一个人的名字。他又说了一遍,还是听不见,就像在那个石膏之梦里。他嚎啕大哭,请求亲手把她杀了。他哀求她,回来吧,做回原来的那个她吧。但是她做不到。永远也做不到了。好几分钟,好几年,好几个世纪过去了,直到一切爆裂开来。从石膏像里,轰隆隆地最后传出了一个名字:欧律狄刻。颤抖突然停止了。好像出租车离开了地面。真的就像那样。车门大开,就像出租车突然伸出了翅膀。车变形了,在空中飞驰。除非它本来就不是出租车,而是别的东西,但是他们并没有注意到。现在已经晚了。什么都无法更改了。

他们不再是罗薇娜和贝斯弗尔特·Y……娜薇罗……

上界世这在再们他是不 Y·特尔弗斯贝和娜薇罗……

226

十二

他渐渐地陷入了昏睡的状态。只有想到自己的遗嘱时才会活跃起来。在起草遗嘱之前,他一直等着欧洲道路事故研究所给出最后的答复。答复姗姗来迟。研究所接受了他提出的条件:他递交自己的调查结果,换取出租车的后视镜。

他出现在各个办公室的时候,大家都奇怪地注视着他,甚至带着些许遗憾,像是对待一个病人。去废物处理库房时大家对他也是如此。讨要后视镜费了很长时间,以至于最后他们给他的时候,他都不敢相信自己的眼睛。

起草遗嘱并不容易。作准备的时候,他一天天越发觉得遗嘱居然也是个无穷无尽的世界。自古以来,历史纪实就是纷繁多样的。遗嘱可以是毒药、古代戏剧、鹳巢、少数民族的上诉书抑或是地铁方案。遗嘱的附件材料也同样令人惊叹,从左轮手枪、避孕套到石油管子,鬼才会知道的东西。出租车的后视镜和生前对它如此关注的人埋在一起,算是独开一类先河了。

他把遗嘱的文本翻成了拉丁文,后来又翻成了欧盟主要的语言。好几个星期他都忙着往他在因特网上找到的各个可能的研究所寄。考古中心、隐秘心理研究中心、地球化学教研室、美国死亡大地堡。最后还有世界遗嘱认证研究所。

忙着这些事的时候，他也隐隐约约听到了一些消息。一部分是过去的质疑，与贝斯弗尔特·Y是否杀了他的恋人有关。像以前一样，观点有分歧，而且还有了第三种看法——赞同所有迹象表明贝斯弗尔特·Y原本要实施谋杀，但是实施谋杀的时间一直没有找到。在这种情况下，他被迫放弃谋杀，除非谋杀可以在另一个区域里完成，在那里行为的发生与时间无关，因为这些区域里没有时间。

恰如所料，此外还有罗薇娜·St（随着时间的流逝，一些人把字母St简化成了"圣"字）还活着的议论。甚至，不仅如此，据说他们还看到贝斯弗尔特·Y正匆匆地走过十字路口，他立着大衣领子，不想被认出来。甚至，他们在地拉那见过他一回，在一天晚餐后，他坐在躺椅上，正在说服一个年轻女子去欧洲旅行。

他陷在遗嘱里，竭力忘掉所有这些事。每天他拿起文本，零星地改动某个词，删掉它，然后又把它添回去，实质上没有改变任何东西。

他遗嘱的本质与开棺有关。在那铅制的棺材里，那个著名的后视镜将放在他的遗体旁边。

起初他把开棺的日期定在三十年后。后来他又改成了一百年后，直到最后，他又改了，推到了一千年后。

想象着掘墓的人开棺之后会找到什么，他度过了剩余的时光。

他相信在接吻前化妆时或是被杀前照镜子的女人，镜子一定从她们身上吸去了什么东西。但是在这个漠然的世界上没有人会想弄清楚那些问题。

他希望一千年前在接送两位情人去一个机场的出租车上发生过的事情，即使在玻璃表面上日渐苍白，也终会留下一道痕迹。

有些天，他迷迷糊糊地想象着谜团的轮廓，可是过几天，他又觉得虽然镜子在他的头骨旁边摆上一千年，但是一贯视而不见的镜子，照出来的唯有无穷无尽的虚无。

地拉那，罗比山，巴黎
二〇〇三至二〇〇四年，冬

ISMAIL KADARE
Aksidenti

Copyright © 2008，Librairie Arthème Fayard
All rights reserved

图字：09 - 2013 - 540 号

图书在版编目(CIP)数据

事故 /（阿尔巴）伊斯玛依尔·卡达莱著；陈逢华译. — 上海：上海译文出版社，2024.3（2024.10重印）
ISBN 978 - 7 - 5327 - 9459 - 1

Ⅰ.①事… Ⅱ.①伊… ②陈… Ⅲ.①长篇小说－阿尔巴尼亚－现代 Ⅳ.①I541.45

中国国家版本馆 CIP 数据核字(2024)第 039620 号

事故	Ismail Kadare	出版统筹	赵武平
	伊斯玛依尔·卡达莱 著	责任编辑	缪伶超
		装帧设计	汐和 at compus studio
Aksidenti	陈逢华 译	封面摄影	崔晓晋

上海译文出版社有限公司出版、发行
网址：www.yiwen.com.cn
201101　上海市闵行区号景路159弄B座
上海景条印刷有限公司印刷

开本 890×1240　1/32　印张 7.5　插页 2　字数 112,000
2024 年 3 月第 1 版　2024 年 10 月第 2 次印刷

ISBN 978 - 7 - 5327 - 9459 - 1/I·5915
定价：56.00 元

本书版权为本社独家所有，未经本社同意不得转载、摘编或复制
本书如有质量问题，请与承印厂质量科联系，T：021 - 59815721